COLLECTION FOLIO

Camille Laurens

Les travaux d'Hercule

Gallimard

Camille Laurens est née en 1957 à Dijon. Agrégée de lettres, elle a enseigné en Normandie, puis au Maroc où elle a passé douze ans. Aujourd'hui, elle vit dans le sud de la France.

À Yves et Philippe Mézières

Et je me disais combien il est difficile de savoir la vérité.

MARCEL PROUST

I

ce L qui est dans IL comme il est dans
outrance et dans autre et dans utterance
sonnant magnifiquement là où il est
et dont aucune phrase ne dit ce que c'est

DOMINIQUE FOURCADE

LABYRINTHE

Sans doute est-il plus beau que tu n'imaginais, et plus jeune que tu n'aurais souhaité. Il doit avoir à peu près ton âge ; tu n'as pas osé le lui demander, de crainte qu'il s'en étonne ou même qu'il s'en offense. Tu as seulement réclamé des preuves de son expérience, comme tu supposais devoir le faire. Il a répondu sans détours. Tout a l'air clair.

— Entrez et attendez —

Cela n'a pas été facile de pousser la porte. Je suis restée plusieurs minutes au bas de l'escalier, près des boîtes à lettres. Il y avait du courrier pour lui, que j'ai failli ouvrir, mais je me suis retenue — peut-être valait-il mieux ne rien savoir encore, jouer le jeu de la découverte, sans compter qu'on aurait pu me surprendre. Mes genoux tremblaient, j'ai perdu l'habitude de marcher longtemps, et puis le premier pas m'a toujours coûté, qu'il s'agisse d'entreprendre un voyage, un homme ou n'importe quoi. Finalement, au moment de partir, j'ai eu si peur de renoncer que j'ai monté en courant les deux étages sans penser à rien — la peur m'a donné des ailes.

— Videz vos poches —

Il ne sait évidemment pas que je l'ai pris parce que son nom commence par A et qu'il s'appelle Jacques — « quelqu'un m'a-t-il recommandé à vous ? », s'est-il enquis d'emblée, j'ai dit oui, préférant masquer pour l'instant l'aspect contingent de la rencontre ; je crois d'ailleurs que cet aveu l'aurait déçu : c'est probablement le genre de personne pour qui tout s'explique — c'est son métier : il ne laisse rien au hasard.

— Signez là —

Comment faire autrement, pourtant ? Dix colonnes entières dans l'annuaire ! J'ai mis longtemps à me décider, n'ayant jamais vraiment cru qu'il suffirait, au sous-sol de la poste, d'ouvrir les pages jaunes et de choisir, entre Détection de fuites et Détergents, celui dont j'allais payer les services comme si l'on pouvait s'offrir sur un simple appel un plombier de son labyrinthe intérieur, un artisan de l'avenir ou un décrasseur d'âmes. J'ai lu tous les noms, étudié toutes les rubriques et les dessins qui les illustraient. Ici une silhouette noire s'extrayait d'une malle et dépliait un doigt accusateur, là un chapeau surplombait un journal, ailleurs un œil dilatait une serrure, un point d'interrogation forçait une bouche aux dents rétives, pupilles et oreilles traînaient béantes le long des portes, idéogrammes d'une profession passe-muraille. La corporation entendait rester dans la plus pure tradition : rien n'avait changé depuis l'époque des premiers néons, et il suffisait toujours d'un feutre à larges bords, d'un organe de presse négligemment tenu à l'envers et muni d'une lucarne découpée dans le résultat des courses, de dix dixièmes aux deux yeux, d'une cigarette pour passer le temps, d'une épingle en guise de pied-de-biche et, pour les cas retors, d'une certaine souplesse vertébrale et d'une armoire normande. J'ai barré au crayon tout ce qui ne convenait pas — l'espionnage industriel, les missions commerciales, la recherche de débiteurs (quoique...) ; j'ai entouré d'un cercle les assurances d'honnêteté, hésité sur les critères essentiels — les années d'expérience, le sérieux, la discrétion. Tous promettaient la vérité, la tête me tournait un peu. Finalement, c'est sur lui que mon index s'est arrêté, tout en haut de la liste : A... (Jacques), Filatures, disparitions. Je l'espère compétent dans ces deux domaines, puisque je ne sais pas au juste ce qu'il aura à faire. Il fallait un homme, m'étais-je dit, capable de tout pour connaître la vérité, dût-il traquer pour cela la présence ou l'absence, les vivants ou les morts, un homme qui file ceux qu'il veut comprendre et qui veuille absolument comprendre ceux qui ont filé, où et pourquoi. Je compte bien qu'on ne lui échappe pas, de près ou de loin. Il a peut-être des réseaux d'information, des correspondants de par le monde ; mais je voudrais qu'il opère lui-même. Son regard surtout m'a plu, bien que j'aie eu soin de n'en rien laisser paraître. Il est inquisiteur et rêveur à la fois : si vous êtes là, il vous devine ; mais si vous n'êtes pas là, au besoin il vous invente. Il fera parfaitement l'affaire.

— Levez-vous —

Tu aurais souhaité aussi, toutefois, qu'il soit seul. Ce serait plus conforme à l'usage, même s'il était libre ensuite de faire des rencontres. Mais quand il a tiré de son portefeuille une carte de visite à ton intention, ses yeux se sont arrêtés sur une photographie, ses doigts ont caressé le rabat transparent, il porte une alliance, et tu as souffert inexplicablement. Peut-être y aura-t-il donc une femme dans ce voyage, puisqu'il s'avère qu'aujourd'hui les privés ont une vie privée ? Tu as donné un acompte et tu es sortie sans le regarder, sans lui serrer la main, presque fâchée qu'il ait accepté de partir si vite, comme flouée par un amant à qui tu aurais pour voir proposé de se quitter et qui aurait dit : Bon, d'accord.

— GK 1991. Aile N, couloir 12. Suivez-moi —

LIVRE

I

Le bateau était à quai. Il s'appelait le CAP NAPOLÉON et avait l'air d'en être à sa dernière campagne. Hélène André, un ongle entre deux canines, le regardait depuis plusieurs minutes, longeant son flanc rouillé, prenant du recul afin d'avoir une vue d'ensemble, tel le touriste qui, soucieux de ne pas se laisser gruger par un exotisme de carton-pâte, s'assure auprès du monument qu'il vaut vraiment le déplacement. Ne pouvant en faire le tour, elle cherchait des renseignements parmi les lettres écaillées, comme sous le titre d'un tableau sa date ou le nom de l'architecte au front des maisons, et n'eût pas été surprise d'apprendre que du haut du pont supérieur quarante siècles la contemplaient. Certes, Jacques l'avait prévenue qu'il ne s'agissait pas d'un navire de plaisance — le CAP NAPOLÉON était un cargo mixte qui, outre diverses marchandises, acceptait à son bord quelques passagers et leur véhicule — mais à défaut de croisière, Hélène aurait voulu pouvoir parler de traversée, « la traversée a été bonne »,

« nous avons beaucoup ri pendant la traversée »... c'est-à-dire qu'elle aurait bien aimé être arrivée.

Près de la passerelle, des gens s'embrassaient, s'étreignaient. Une femme pleurait en mogdoulien. Qui partait ? Qui restait ? C'était difficile à dire : ils mouraient tous un peu. La surface du bassin miroitait d'arcs-en-ciel. Assis sur une bitte d'amarrage, un lamaneur désœuvré suivait des yeux la dérive d'un bidon d'huile qui paraissait appartenir au décor avec la même nécessité qu'un rat entre deux rails du métro. De l'autre côté du quai s'alignaient de ces hangars immenses qui, la nuit, font ressembler les ports à des studios de cinéma, bien que pour l'heure une erreur de casting eût fait débouler dans le champ, au lieu des truands attendus, un escadron de marins à l'exercice dont le crâne rasé et la foulée belliqueuse laissaient penser davantage à un remake de *Potemkine*. Jacques était parti régler les dernières formalités, il revenait maintenant avec des papiers à la main, on embarquait, on s'embarquait, est-ce que l'eau était profonde ? Il lui prit le bras et la tira en arrière, il détestait qu'elle soit si près du bord, penchée curieuse au-dessus de la fosse obscure comme si la vérité allait en surgir. Elle avait soi-disant vu des poissons nager près de la coque, c'est peu probable, dit-il en la guidant vers la passerelle, ou alors, pense-t-elle, des poissons d'eau trouble.

Les passagers logeaient dans des containers métalliques posés à même le sol, percés d'une ouverture qui, pour éviter toute confusion avec un hublot, était carrée, et d'où on ne voyait pas la mer, si bien que l'incontestable sensation de dépaysement éprouvée à l'intérieur rappelait au voyageur qui en avait la double expérience moins le pittoresque d'une cabine première classe du MERMOZ que celui d'un préfabriqué sur un chantier Bouygues. Jacques André, coutumier de ce genre de planques, constata que la famille mogdoulienne s'entassait dans le container voisin du leur avec l'aisance des vieilles habitudes. Hélène était déjà allongée sur sa couchette et racontait une scène avec les Marx Brothers : n'était-il pas censé être un professionnel du cinéma ? C'était la première fois qu'elle l'accompagnait en « mission », elle se rendait utile. Il avait en effet décidé d'aller à Zigliara sous l'identité d'un « chasseur de lieux » ; il effectuait des repérages pour un film, il était chargé de trouver des maisons, des palais, des forêts, des plages, des greniers, des bazars, bref il s'occupait des décors naturels. Cette fiction devait évidemment lui permettre de fouiner un peu partout, ce que son enquête rendait indispensable. Sans être cinéphile, il n'était pas ignare, et il aimait assez ce travail d'emprunt. En outre, il croyait au secours de la topographie : ayant à chercher quelqu'un, il faisait confiance aux lieux où celui-ci avait vécu pour lui fournir des indices. L'espace ne livrait-il souvent pas davantage du passé que la mémoire humaine ? Personne ne vit indifféremment nulle part, même oublié de tout le monde. L'enquête ressemblerait donc à l'un de ces jeux de piste où un caillou, deux brindilles et trois morceaux de laine vous mènent au trésor, à ce détail près qu'il ne savait pas en quoi consistait le trésor puisque sa cliente ignorait — ou n'avait pas voulu révéler — l'identité du disparu ! Il allait à Zigliara retrouver quelqu'un qui n'y était plus, qui pouvait être n'importe qui, comme un fou qui, dans un port, demanderait le nom de tous les bateaux qui en sont partis. L'entreprise était absurde, mais il aimait les défis et tous ses frais étaient payés. Le cargo appareillait. Ils avaient opté pour ce mode de transport parce qu'ils avaient peur des accidents d'avion. Jacques déroula sur la lucarne une moustiquaire grise très semblable à la voilette dont sa cliente n'avait à aucun moment relevé le bord.

Elle entre essoufflée dans le bureau sans se présenter à Simone, la nouvelle secrétaire, qui ne tente pas de la retenir *manu militari* car son vernis n'est pas sec. Jacques est en train de se verser un scotch, ainsi qu'il le fait toujours avant d'entamer la rédaction de cette partie du rapport d'enquête — qui constitue généralement sa conclusion — où l'épouse adultère s'en prend au Ciel d'être obligée d'en redescendre. Elle a environ quarante ans d'après sa bouche, trente d'après ses jambes et vingt d'après sa voix. Elle n'ôte ni son chapeau ni ses gants durant l'entretien. L'affaire est, selon elle, d'une grande simplicité — mais peut-être veut-elle seulement dire que c'est facile à expliquer.

Voilà : elle reçoit chaque année depuis, disons

six ou sept ans, timbrée du 21 mars et postée de Zigliara, une carte postale dont le contenu ne présente rigoureusement aucun intérêt — non, vraiment aucun ; des souvenirs toujours choisis parmi les meilleurs, une amicale pensée, un grand bonjour, il voit le genre... Comment ? Non non, je vous assure, aucun ; d'ailleurs elle ne les a pas conservées. La date du 21 mars n'a aucune espèce d'importance non plus, un vague anniversaire, celui du printemps peut-être ? Quant au scripteur, dont, si Jacques a bien suivi, ne subsiste aucun échantillon d'écriture, il signait Jacques — comme ça se trouve ! — mais inutile de le noter — la voilette frémit — car elle a toutes les raisons de penser que ce n'est pas là son vrai prénom. Et pour ce qui est du nom... Je comprends, dit Jacques en reposant son stylo. Dans l'aluminium de la lampe, son visage reflète une imbécillité déconcertante.

Ce qui s'est passé sept ans plus tôt, le 21 mars à Zigliara ? Mais rien, en tout cas rien dont elle se souvienne. Elle se trouvait là-bas à cette date, effectivement, mais cela remonte bien loin déjà, est-ce que lui-même peut dire ce qu'il faisait à pareille date, ne fût-ce que l'année passée, certainement non, mais lui ne paie personne pour lui rafraîchir la mémoire ; de toute façon elle n'a rencontré aucun Jacques à Zigliara, sur ce point elle est affirmative. Quand il lui demande s'il peut se permettre de lui demander pourquoi elle souhaite retrouver la trace d'un homme si peu... *marquant*, elle le regarde à travers le fin grillage de son voile et elle répond comme si tout s'expliquait enfin : « Il ne m'a pas écrit cette année. »

Si le meilleur moment de l'amour, selon la tradition, c'est quand on monte l'escalier, le plus intéressant, c'est de le descendre ; aux scènes revécues viennent s'ajouter marche après marche les souvenirs de ce qu'on n'a pas fait, les analyses au second degré, les questions que peut-être on aurait dû poser, les pas qu'on n'a pas franchis, les reparties brillantes dont, à l'entresol, on déplore la lenteur à percer la conscience : telle était la pensée de Jacques tandis qu'avec infiniment plus de rapidité parvenait à ses narines, en provenance de la cage contiguë, un relent d'oignons frits. Ainsi lui apparaissait sa cliente : comme une femme qui aurait dévalé les marches après une aventure, sûre de son charme, sourde aux prières, et qui, au rez-de-chaussée, sur le point de sortir, voyant qu'on ne la rappelait pas et qu'aucune voix ne lui parlait plus de flamme, se serait soudain sentie seule. Sept ans plus bas, sept étages plus tard, elle voulait donc revenir sur ses pas, remonter le colimaçon du temps, mais comme dans l'intervalle on avait tiré l'échelle et qu'elle avait le vertige, elle s'offrait un premier de cordée. Toutes les mêmes, pensa-t-il en se hissant sur la couchette supérieure. Hélène dormait déjà, avec un sourire d'ange qui l'excluait d'emblée de toute typologie.

Pendant ce temps, les haussières avaient été détachées, le navire s'était éloigné du quai. Ils n'avaient pas suivi les manœuvres de l'appareillage. Le CAP NAPOLÉON dépassa la dernière jetée. De son lit, Jacques apercevait un petit bout de mer. Il demeura les yeux ouverts, le regard fixé sur le phare, trop longtemps pour que ce ne fût pas plutôt la lumière du camping-gaz des voisins.

Au matin, le soleil brillait. Ils sortirent. Le pont était désert. Adossé contre la rambarde, Jacques s'apprêtait à jouer la scène du baiser dans *Griffes jaunes* — même décor d'océan, sauf qu'Hélène était beaucoup plus belle que Mary Astor — quand un criaillement éperdu fendit l'air avec un manque d'à-propos à vous dégoûter de la postsynchronisation. Après un bref coup d'œil vers le ciel vide d'oiseaux, force fut de constater que l'appel émanait d'une variété de vaches stercoraires parquées en contrebas. Elles tournaient vers le large leurs longs cils, incertaines de revoir jamais leur Normandie, et sur la mer sans moissons une horreur telle les étreignait que l'odeur d'iode luttait en vain contre les effets somatiques de l'angoisse. Accoudés au bastingage comme au balcon d'un chalet suisse, les voyageurs restèrent un moment plongés dans ce mirage olfactif, puis Hélène partit chercher son foulard tandis que Jacques gagnait la salle à manger.

Un homme y était assis à une longue table couverte d'une nappe blanche, sur laquelle une douzaine de tasses étaient préparées. Il se leva dans un geste d'accueil — Paul Durand. La nuit s'était bien passée, la mer était rarement agitée en cette saison. Jacques André travaillait dans le cinéma, il se rendait à Zigliara pour des motifs professionnels, mais c'était des vacances aussi, en un sens. Sa femme l'accompagnait.

Il ne posait pas de questions directes au début, commençant toujours par dire de lui ce qu'il voulait savoir de l'autre. Il avait mis au point dès l'adolescence cette méthode d'investigation : en demandant Tu m'aimes ?, il n'obtenait qu'un silence méfiant ou rusé, tandis qu'il suffisait souvent de dire Je t'aime pour être aimé. Bien sûr, le risque existait de voir l'interlocuteur s'enfoncer dans une écoute polie, mais la plupart du temps la conversation jouait à merveille son rôle de miroir, réfléchissant les paroles avec juste l'infime déformation inhérente à la position du locuteur. Paul Durand travaille au C.I.F. — Centre Interculturel Français —, organisme chapeauté par le B.O.L. — Bureau des Œuvres Laïques — et affilié à la F.I.A.C. — Fédération Internationale d'Art et de Culture. Il revient à Zigliara après deux semaines de congé et ramène à un compatriote, Robert de Boissières, un dentiste installé là-bas, une Jaguar XK 150 dont il a pris livraison au port, ce pourquoi il se trouve sur cet infâme rafiot, sa femme a préféré prendre l'avion, on la comprend, elle doit être arrivée. La voiture date de 1960, elle est rouge, il la lui montrera tout à l'heure, bien volontiers — une bagnole de rêve. Alors vous êtes dans le cinéma... On va tourner un film à Zigliara ? — Rien n'est encore décidé. Des repérages, pour l'instant. Est-ce que cela intéresserait le C.I.F., éventuellement ? — Peut-être. Je me renseignerai. À vrai dire, je n'occupe ce poste d'animateur à Zigliara que depuis six mois, je suis à peine formé...

Dans la salle à manger, à côté de Jacques, était assis un jeune homme. Ses yeux étaient très clairs, sa voix un peu haut perchée — d'après la rumeur, il y avait pas mal de pédés à Zigliara — il buvait du café dont une goutte avait taché la nappe, il tenait à la main une tartine de confiture et il était « à peine formé » — Ah ! Hélène ! Paul Durand. Hélène, ma femme.

D'autres passagers arrivaient, des Mogdouliens qui saluaient longuement et s'asseyaient loin. Le visage du cuisinier apparaissait et disparaissait par un judas, maussade au-dessus des cafetières fumantes, l'air très conscient d'être du mauvais côté dans le jeu de massacre de l'existence. Un officier du bord — Lieutenant Vauzelles. Bien dormi ? — installa près d'Hélène, à la seule place encore libre, un adolescent dont il lâcha le bras brutalement avant de quitter la salle, bon appétit. Hélène lui passa la corbeille de pain. Il n'allait pas jusqu'à Zigliara, il serait débarqué à Mogdoul, la capitale, d'où il était parti trois jours plus tôt dans l'espoir de voir sa capitale à elle, la tour Eiffel. Pas de veine, des marins l'avaient surpris dans la cale derrière des sacs de minerai, c'était la fumée de sa cigarette qui l'avait trahi, Dieu n'avait pas voulu. On le ramenait de force là-bas, en prison sûrement il irait un peu mais pas longtemps, et après il recommencerait, des cousins y étaient arrivés qui vivaient la belle vie maintenant, question de chance, et puis des fois on rencontre des gens qui vous aident. Il tirait sur une cigarette que Paul Durand lui avait offerte et regardait Hélène avec des yeux confiants, comme s'il y avait toujours quelque chose à espérer d'une femme.

Sur le pont avant traînaient deux transatlantiques en lambeaux, dépouilles arrachées à quelque paquebot par une piraterie séculaire. Quand Hélène, à demi allongée sur le moins lâche, s'éveilla dans un bain de soleil, son mari montrait à Paul Durand un point sur la mer. L'autre suivait la direction du bras en hochant la tête. Il était assez grand, mais pas autant que Jacques, et semblait maigre, peut-être à cause de ses vêtements qui claquaient autour de lui avec un bruit de voile au vent. Elle se leva — demandez-le lui, dit Jacques, je reviens.

— Votre mari me disait que vous étiez chanteuse... Il s'arrêta et tourna à toute vitesse les pages mentales de son dictionnaire mondain qui, dans l'affolement, livrait des doublets inutiles en la circonstance, juif/israélite, aveugle/non-voyant, supercanon/très jolie, euh, cantatrice (diva, divine).

— Oh, n'exagérons rien. J'ai étudié le chant au Conservatoire, c'est vrai, mais je ne travaille pas assez. Je suis plutôt paresseuse, vous savez.

— J'aime bien les dilettantes (/les tire-au-flanc). Le C.I.F. pourrait organiser un petit concert, un récital ; vous verrez, il y a de bons musiciens à Zigliara, à commencer par mon collègue Daniel Fortin, qui s'occupe de ce secteur à la Fédération. Il joue de la guitare et de la flûte, mais il se débrouille aussi au piano, je crois.

— Et vous ?

— Moi, c'est surtout le théâtre qui m'intéresse. J'avais réussi à constituer une petite troupe avec des résidents, mais ça a (capoté, avorté) fait long feu.

— Pourquoi ?

— Oh ! toujours la même histoire : les gens vous lâchent au bout d'un moment. Cette fois, remarquez, ç'a été un peu différent. L'actrice principale est partie du jour au lendemain, on ne l'a plus revue, ni elle ni sa famille. Envolés ! Autant vous le dire tout de suite parce que de toute façon c'est le grand sujet de conversation dans Zigliara, enfin, moins maintenant, l'affaire date de deux mois, mais vous n'y couperez pas.

Hélène était montée sur la barre inférieure du bastingage, figure de proue fendant l'air de ses seins qui toutefois n'entaillaient l'azur que d'une encoche minuscule. Elle lâcha la rambarde et se cambra, mains tendues vers le vide, visage noble et fier de Didon s'abandonnant aux flammes du bûcher à la fin du dernier acte — « La mort doit venir maintenant qu'il n'est plus là » — « Pars, pars », dit-elle à Enée, méprisante, mais Jacques ne l'entendait pas de cette oreille, il accéléra le pas au rythme de son cœur, elle se balançait à présent, bras raidis sous elle dans la position du gymnaste aux barres asymétriques, et il arriva *in extremis*, lui sembla-t-il, pour l'empêcher de faire le cochon pendu.

Il avait toujours peur qu'elle meure. Qu'elle perde pied, qu'une voiture l'écrase, qu'elle passe par la fenêtre — il ne l'appelait jamais d'en bas. Elle était pourtant en excellente santé, et même d'une force étonnante : elle tenait longtemps au bras de fer, et si les trois Parques s'étaient présentées de front avec quenouille et ciseaux dans un couloir de métro, elle leur aurait donné du fil à retordre et en eût bien au moins estourbi deux avant de jeter l'éponge. Elle avait cette force vitale des enfants qui traversent sans regarder : elle ne savait pas qu'on peut mourir sans l'avoir décidé. Lui tendait, au cours des ans, vers la certitude inverse : la volonté était sans rapport avec la mort, et de tous les macchabées qu'il avait vus dans le métier, même suicidés en bonne et due forme, aucun ne paraissait avoir eu le choix. Persuadé de son impuissance à empêcher le destin de vous fracasser le crâne, il n'acceptait plus le travail de protection rapprochée, où le moindre relâchement risque d'être fatal. Personne ne peut rien pour personne. Et cependant il lui semblait, par sa présence, protéger Hélène que son innocente beauté exposait plus qu'une autre à la vindicte de quelque immortelle vieillissante embusquée là-haut. Quand des missions l'éloignaient d'elle plusieurs jours, son souvenir ne le quittait pas ; il la suivait en esprit, l'accompagnait par la pensée. Les deux ou trois fois où, depuis leur mariage, il l'avait trompée, il avait eu des remords d'assassin, comme si, d'avoir un instant détourné son regard d'elle, il l'eût sacrifiée, comme si perdue de vue elle perdait la vie. Si elle était en retard à un rendez-vous en ville, il verdissait lentement dans la glace pendant la descente au tombeau, gagné par le froid du marbre dont il parcourait les veinules sur la table, et quand elle arrivait enfin, quand le tambour de la porte la ressuscitait, il était à deux doigts de l'infarctus et de la conversion au christianisme. Tu en fais, une tête d'enterrement, constatait-elle en s'asseyant. Qu'est-ce que tu as ? Il n'avait rien — il émergeait du trou noir, retirait le crêpe mental qui lui comprimait le bras gauche — juste envie d'un tonique, d'un remontant. Il craignait de battre un jour des paupières et qu'elle ne soit plus là, qu'elle *disparaisse*. Son inquiétude ne provenait pas d'un quelconque soupçon — cette déformation professionnelle du privé — mais de son pendant, la fascination de la pureté. Il ne redoutait rien tant que la bavure qui, dans la traque des coupables, abat un ange par mégarde. Toujours plus ou moins en deuil de l'avenir, il s'efforçait de ne pas se dévoiler, marchant en crabe caché derrière *Paris-Turf* ou *La Veillée des chaumières*. Mais son amour était une filature perpétuelle.

Autour de la coque, l'océan avait la couleur du

sang. Des dauphins escortant le navire, Hélène émit l'hypothèse qu'un requin les dévorait. Paul Durand estima que le cuisinier venait de vider des ordures. Jacques dit que c'était le soleil qui se reflétait sur les vagues, comme du vin dans la mer.

En regagnant sa cabine, Hélène croisa le gardien du troupeau, du moins fut-ce ainsi qu'il se présenta, une main sur le cœur, les bêtes étaient malades — la mer, l'exil — il faisait ce qu'il pouvait mais ça allait de mal en pis — nausées, coliques — est-ce que par hasard elle aurait de la Nautamine ? Hélène partit fouiller dans sa trousse de toilette et lui ramena un tube de Nux Vomica 7CH, il n'avait qu'à essayer. La plupart des vaches étaient couchées et ruminaient de sombres pensées. Quelques-unes, paupières closes, tentaient de trouver le sommeil en comptant des trains. Serré contre sa mère, un veau pleurait comme une Madeleine. Le vacher lui glissa trois granules sous la langue, qu'il reçut avec la componction du pénitent qui communie ; presque aussitôt, sous l'effet de la transsubstantiation infinitésimale, il se releva en poussant des ruades — on dirait que ça le ravigote, observa Hélène.

À l'intérieur du container, on étouffait. Le répertoire dans lequel Jacques consignait le détail de l'affaire en cours était caché au fond de sa valise. D'autres carnets semblables s'entassaient chez eux sur un rayonnage, poussiéreux comme de vieux grimoires, apportés de son bureau par le détective plusieurs mois après la clôture des enquêtes. Hélène les ouvrait rarement, peu curieuse d'histoires finies. Quand, en faisant du rangement, elle en prenait un au hasard, elle ne pouvait de toute façon pas reconstituer le puzzle à l'aide des notations dispersées qui émaillaient les pages, parfois indéchiffrables ou sibyllines — par exemple, une fois, à B (Bouche) : « Cette médaille entre les dents, pourquoi ? » — toujours révélatrices d'une psycho-sémiologie très personnelle de la vie : A (Amour) : « Il est amoureux d'elle : dès qu'elle arrive, il rentre le ventre » ou « A vu son amant : n'avait pas de rouge à lèvres en entrant, en avait à la sortie » (et l'inverse ?). Elle s'émerveillait que de tels raisonnements pussent donner des résultats, car personnellement elle se remaquillait toujours après un rendez-vous chez le dentiste et n'avait jamais interprété l'effort abdominal de certains hommes en sa présence que comme un désir somme toute louable de lui faire un peu de place dans l'ascenseur. Cependant elle ne discutait pas la méthode, il fallait bien choisir un itinéraire au sein du labyrinthe, élire un sens parmi la forêt des symboles ; après tout, elle était peut-être passée plusieurs fois à côté de l'amour fou entre le quatrième et le rez-de-chaussée, et faute d'avoir été notés dans quelque mémento, ces feux s'étaient éteints avant d'avoir brûlé. Elle se demandait aussi, au gré de ses lectures, si Jacques ne décryptait pas le monde en fonction de ses propres fantasmes. Son univers était plein de masques et d'illusions — loups et voilettes comme une main sur les yeux, jeux de colin-maillard entre chat et souris. Une page disait, ici et là : « Belle. La trentaine. Des jambes de statue » ; « Un sourire à tomber raide » ; « Des mains très fines ». Hélène n'était pas jalouse. Tout au plus eût-elle été tentée, en sondant les carnets des cinq dernières années, de réunir les fragments de ce corps démembré afin d'en dessiner les formes idéales. Sans doute ainsi eût-elle pu, tel le médecin légiste révélant l'identité d'un cadavre en morceaux, matérialiser le rêve de femme que caressait son mari. Mais elle ne le faisait pas, préférant croire que cette autopsie n'eût dévoilé d'autre visage, révélé d'autre mystère et livré d'autre nom que les siens.

La couverture du présent carnet mentionnait seulement : ZIGLIARA. Précaution supplémentaire, il se voulait l'aide-mémoire d'un technicien du cinéma qui travaille sur un scénario. Presque rien n'était encore écrit, sauf l'adresse de contact de sa cliente, une boîte postale déguisée en bureau de production, avec toutefois une ligne au crayon : « Regrets, remords : l'amour a l'esprit de l'escalier » (?), et quelques noms de personnalités résidant là-bas et susceptibles de faciliter ses démarches. Il venait d'y inscrire Paul Durand (P.D., lut-elle en code, dubitative). Elle prit une page blanche à la lettre P et nota ce qu'elle avait glané auprès de l'animateur : « PERSONNAGES PRINCIPAUX : ont mystérieusement disparu : S.C., bibliothécaire du C.I.F., sa compagne,

L.N., sans profession, et leur fils de dix ans. » À LIEUX, elle dressa une première liste :

— le centre du C.I.F.
— la maison de S.C. (à louer)
— la bibliothèque.

Puis elle rangea le carnet dans sa cachette et alla rejoindre les protagonistes qui, sur le grand théâtre du monde, arpentaient la scène d'un pas incertain. Des étoiles perçaient le ciel encore clair. Elle était heureuse. Elle éprouvait cette sensation d'euphorie commune aux érudits, aux confesseurs, aux détectives et aux imbéciles, qui provient de la certitude d'en savoir plus que les autres.

Il y avait de la blanquette au dîner. Jacques parlait avec l'animateur, « et personne ne les a jamais revus ? C'est l'Arlésienne, votre histoire ! », il marchait sur ses traces. Au dessert, Hélène tâtonna dans la nuit jusqu'au poste de pilotage, elle voulait voir où on était. Le lieutenant se tenait debout, les jambes un peu écartées, des jumelles vissées au visage, dans une posture d'attention lasse à mi-chemin du voyeurisme et de l'ornithologie. Il était chargé de repérer les embarcations trop frêles pour que le radar les détecte et de modifier le cap en conséquence. En fait, cela n'arrivait jamais, mais il restait vigilant, pensant qu'il vaut mieux attendre mille fois une femme que la manquer une seule, et pareil pour les bateaux. On était là — il montra un point sur le vide métaphorique de la mer. La carte datait du Roi-Soleil, mais rien n'avait changé depuis. Sa visiteuse était sûrement mariée, il l'avait vue avec deux hommes. Il effectuait l'une de ses dernières traversées en qualité de lieutenant ; le mois prochain, quoique encore jeune, il passerait capitaine. Évidemment, dans la marine marchande les occasions de s'illustrer, malgré les galons d'or, faisaient défaut. On s'ennuie, quelquefois. Un jour, pourtant, il a failli mourir : un sac de charbon mal arrimé s'est décroché d'une grue et est venu s'écraser dans la soute ; il a fait un saut de côté pour l'éviter, il a manqué y perdre une jambe. Certaines fois encore, lorsqu'il est fatigué, il boite un peu. La passagère s'était emparée des jumelles et variait la focale au hasard, comme s'il y avait autre chose à faire que de se régler sur l'infini. C'était un métier poétique ? Oui, en un sens, mais il valait mieux aimer la solitude. De temps en temps aussi éclataient d'énormes orages, des ouragans gigantesques — en hiver. Le marin risque sa vie, de toute façon c'est son lot. Si elle voulait voir les fameux récifs de — « Vous permettez ? » — il lui arracha les jumelles. Au premier plan du gouffre amer bougeaient vaguement des mufles flous, tandis qu'à bâbord se précisait sans possibilité d'erreur le sourire binoculaire du vacher. Celui-ci frappa presque aussitôt à la porte vitrée et passa la tête par l'entrebâillement avec la mine gênée du noctambule qui vient de réveiller la concierge. Iris et Primevère allaient vraiment trop mal, il leur faisait prendre l'air sur le gaillard d'avant, il avait ramé pour qu'elles montent les marches. Un beuglement déchira la nuit. La passagère reçut des mains du mentor un tube bleu, sans doute la dilution ne convenait-elle pas à tout le monde. Une queue se balançait au vent. Une bouse fumait sous les embruns. L'idée d'un sabordage rituel traversa le cerveau du lieutenant, heureusement arrêtée à tribord par le sentiment prioritaire du devoir. Il crispa les doigts sur sa paire de lorgnettes et s'immobilisa, sentinelle du néant. Non seulement ces bovidés ne lui apportaient que des emmerdements, mais il apparaissait en outre avec évidence qu'en l'absence de sirènes, de tempêtes et d'écueils, aucun d'entre eux n'avait le profil ni même la plus petite compétence pour jouer dans sa vie le rôle de Moby Dick.

À Mogdoul, le bateau se vida d'une grande partie de son chargement humain. Deux policiers montèrent à bord et prirent livraison du prisonnier. Ils rendirent à Hélène le paquet de cigarettes qu'elle avait voulu lui donner, c'était un hors-la-loi, un voyageur « sans destin », il ne fallait pas avoir pitié des sans-destin. Lui agitait la main sur le quai comme s'il venait de l'accompagner et qu'elle ne partît pas pour bien longtemps, il souriait, l'adieu ça ne comptait pas, ni les lois ni les juges, il les verrait, allez, les Champs-Élysées. Hélène regarda jusqu'au bout s'éloigner sa silhouette captive. Jacques et Paul Durand se tenaient de part et d'autre d'elle, Jacques avait passé un bras autour de son cou, l'animateur sentait le vétiver, est-ce qu'elle était plus libre ?

La cale dégorgeait un camion frigorifique et un break lesté de cocottes-minute, tous deux hébétés d'avoir dormi deux nuits à côté d'une Jag. Quelques veaux sommeillaient non loin, telles de grosses limousines. Paul Durand souleva le capot avec la douceur lente d'un homme qui aide une femme à ôter son manteau — il n'était peut-être pas pédé, dans le fond, ou alors si, justement — un instant il resta béant comme si elle ne portait rien en dessous, puis, ayant dégluti, se pencha sur la mécanique, suivi par Jacques dont le visage exprima bientôt une extase incrédule, « la vaaaache ! », ahana-t-il. Hélène avança le menton et vit un bloc métallique qui, en effet, ressemblait à une trayeuse, d'où partaient des cylindres aussi dépourvus d'intérêt esthétique qu'une boîte de corned-beef. « C'est Michèle qui va être éblouie », dit Paul Durand, mêlant ses mains à celles de Jacques parmi les tuyaux, six cylindres en ligne, double arbre à cames en tête, des mains longues et minces aux ongles ovales, Hélène détourna le regard. Michel ?

Ils repartirent vers midi. Sur le pont supérieur, le sol ne bougeait presque pas. On avait la même impression que sur un tapis roulant : c'était la mer qui avançait, qui les portait plus loin. En se penchant, on devinait ses profondeurs noires et froides, et l'on s'étonnait qu'une telle quantité de silence fît tant de bruit. Quand l'heure tournait, mieux valait quitter le bastingage, car sans soleil l'eau donnait le vertige et il fallait réprimer une envie de sauter. Jacques avait commencé avec l'animateur une partie d'échecs qui durait. Hélène vint s'asseoir près d'eux et feignit de suivre la tactique alors qu'elle ne savait même plus si le cavalier avait le droit de reculer. Elle ne demeurait pas là pour l'apprendre, d'ailleurs, car elle détestait les jeux, elle trouvait que c'était un mauvais usage du temps, une lâcheté. Elle n'était pas non plus poussée à cette hypocrisie par une vanité béotienne, pas du tout, car si quelque chose était vain à ses yeux, c'était bien le jeu lui-même. Non. Elle se dissimulait derrière son attention comme le privé derrière une feuille de chou ou l'amoureux derrière l'indifférence, soucieuse de voir sans être vue, de découvrir en restant à couvert. De même que l'un de temps en temps tourne une page ou que l'autre regarde ailleurs, quelquefois elle hochait la tête, toussotait, levait un sourcil critique ; mais par la petite lucarne découpée dans cet écran protecteur, elle tentait de ne rien perdre des mouvements, signes et indices sur lesquels fonder son jugement, établir ses *rapports*. Cependant elle procédait avec une extrême prudence, craignant d'être surprise et que l'espionne en fin de compte ne fût épiée, doutant s'il était plus facile d'aimer sans le montrer ou d'être aimé sans s'en apercevoir. Paul Durand avait une drôle de façon de déplacer les pièces, il n'avait pas l'air de se battre, plutôt d'épouser le jeu de l'adversaire, d'abonder dans son sens ; il poussait chaque pion de la manière dont on rend une invitation : dans un délai raisonnable, et pour remercier d'avoir pris l'initiative. Il avait des traits délicats, un nez fin dont les ailes avaient la transparence de nageoires, pas de joues, le profil sans épaisseur d'un poisson d'aquarium battant des cils au ras de la paroi. Ses yeux étaient verts couleur d'eau, presque liquides, ses pupilles sitôt noyées qu'entrevues, telles des pierres sous la mer. Son sourire poli empêchait d'en savoir davantage. Jacques, lui, se donnait à fond. Les deux bras appuyés au bord de la table, le buste en avant, il contemplait l'échiquier non comme une surface mais comme un gouffre. Les vagues noires et blanches semblaient l'hypnotiser, et lorsque enfin il bougeait une pièce, elle devenait un nouvel amer où river son regard. L'animateur s'agitait sur sa chaise, libérant ainsi l'odeur presque envolée de son eau de toilette. Jacques ne se parfumait jamais, dans son métier il importait de ne pas laisser de traces, évidemment.

Paul Durand s'étira — il avait des fourmis dans les jambes — et fit des gestes à sa voisine, est-ce qu'elle voulait boire quelque chose ? Celle-ci releva à peine la tête ; les yeux fixés sur le plateau de bois, elle passait sur ses lèvres un index délibératif. Jacques André avança sa reine : la stratégie de l'animateur culturel du C.I.F. lui rappelait ses entraînements de boxe, jadis, quand, mettant toute la gomme, il sentait son poing entrer loin dans les entrailles du punching-ball, qui s'effaçait en souplesse avant de revenir sournoisement en utilisant la force du coup initial. Il fit craquer ses jointures, il gagnait tout de même ; car si l'autre se contente de jouer en symétrie, il a toujours un coup de retard. Plus détendu soudain, il sourit vers sa femme qui, par pure gentillesse, était restée là à le soutenir. Elle ne lui répondit pas. Son visage était pétrifié, elle avait l'air d'un sourd qui regarde la télévision. Il eut envie de lui fournir les sous-titres — il tenait la victoire, est-ce qu'elle s'en rendait compte ? — mais il ne voulait pas briser la loi du silence. Il se pinça le haut du nez en inspirant longuement, « Vous êtes fatigué », dit Paul Durand, puis, fidèle à sa ligne stratégique, il ajouta en se levant : « Moi aussi. » Sur le visage de Jacques se peignit la consternation incrédule du pêcheur qui voit sa truite se détacher de l'hameçon et onduler entre deux roches. Hélène suivit du regard la silhouette qui contournait la table avec une grâce un peu féminine, il fallait l'admettre. Une physiologie hâtive mais simple l'avait amenée très tôt à subdiviser l'espèce mâle en deux classes : les gros et les maigres. Les premiers la laissaient de marbre puisque, l'appétit et le désespoir s'excluant, elle ne pouvait leur prêter aucun chagrin passé, aucune passion secrète. Comment ajouter foi, en effet, aux soupirs énamourés d'un prétendant attablé devant un cassoulet ? Test infaillible, quoique rudimentaire, qui renvoyait sans pitié à leur avenir plein de soupe tous ceux qui ne se nourrissaient pas d'eau fraîche. Elle préférait donc, et de loin, cette maigreur charmante qui rapproche le corps de la mort, cet effacement qu'on peut supposer proportionnel à la douleur — et dans ce cas l'animateur avait dû souffrir beaucoup, peut-être souffrait-il encore, et de quoi, et de qui ?

Ils parvinrent à Zigliara en fin d'après-midi. Un épais brouillard s'étendait sur la ville. Le lieutenant attendait à la passerelle l'arrivée du pilote qui les mènerait au port. Il était triste, Hélène lui tournait le dos, il commençait à prendre du ventre. Les passagers s'étaient rassemblés sur le pont, le cou rentré dans les épaules. Iris et Primevère répondaient en chœur au meuglement gémissant de la corne de brume. Tout le monde était tendu vers la côte, cherchant à discerner au travers du brouillard les contours de la ville, les ombres des dockers, la terre, les maisons, les arbres, le plancher des vaches.

II

Les premiers jours à Zigliara, c'était comme si on n'avait pas quitté le bord. La mer venait battre les anciennes fortifications, remparts édifiés du temps des Portugais sur lesquels veillaient encore des canons. Des mouettes dérivaient sous le vent, et l'idée d'un possible naufrage hantait les esprits. La ville, lorsqu'on pénétrait plus avant, paraissait un double du port ; on eût dit deux cités contiguës, l'une de bateaux et l'autre de maisons, avec le même mélange équivoque d'essor et d'abandon : villas au radoub, terrasses à demi ensablées, carènes d'immeubles délaissés dont le sel attaquait déjà les œuvres vives, avenues d'araucarias tels de grands mâts de hune, vérandas étoupées prêtes à gagner le large. De l'Hôtel de l'Atlantique où ils étaient descendus, Jacques et Hélène se rendirent à pied jusqu'aux locaux du C.I.F., situés un peu à l'écart, sur la route de Targui. Ceux-ci comptaient parmi les plus récents et les plus beaux du continent. Des fleurs de toutes les couleurs poussaient, pendaient, grimpaient dans cette enceinte, et c'est seulement en la franchissant, trois jours après l'arrivée du CAP NAPOLÉON, qu'Hélène et Jacques André eurent le sentiment d'avoir touché terre.

Le directeur du C.I.F. s'appelait Tarin — Gérard Tarin, les congratula-t-il d'une poignée de main ferme, comme s'il les félicitait de faire sa connaissance. Il trônait sous un portrait officiel du prince flanqué de deux reproductions de Juan Miró, dont l'une était non figurative tandis que l'autre montrait des spermatozoïdes à la conquête de l'ovule dans la trompe de Fallope. Lovés sur un bureau gigantesque, deux téléphones se disputaient les faveurs de leur maître. — Oui, Paul m'a parlé de vous. Évidemment, c'est un peu compliqué, n'est-ce pas... Il s'agit de mon logement de fonction, à l'origine ; mais ça ne me convenait pas : trop petit, pas assez de cachet. Je reçois beaucoup, vous comprenez. La semaine dernière encore, Jeanne est passée... Qu'aurait-elle dit, la pauvre chérie, si je l'avais installée dans cette cambuse ! Alors que là, dans le palais que j'ai déniché, avec patio et jet d'eau, Jeanne a été tout de suite à l'aise. Barek, mon café, ajouta-t-il en asyndète à l'adresse du combiné rouge à main droite.

Jacques demanda si tout de même c'était habitable et si, mais naturellement c'était habitable puisque son bibliothécaire y avait habité avec sa femme et leur fils, un enfant en mauvaise santé d'ailleurs, cela pour vous dire qu'il n'aurait pas accepté un logement insalubre. Hélène s'interrogeait sur l'identité de la pauvre chérie à qui il fallait un palais ; elle perdrait bientôt ce réflexe en s'apercevant que la conversation du directeur culturel était semée, sillon après sillon, de prénoms jetés à la volée et d'où en général il ne poussait rien : la graine, en effet, n'était pas lancée pour croître et se développer dans le dialogue, mais pour germer dans l'esprit curieux de l'interlocuteur, où le plus souvent elle pourrissait faute d'engrais. Ainsi Gérard Tarin ne révélera-t-il jamais qui est Jeanne. Car soit elle est née Moreau, auquel cas la discrétion de son hôte témoigne de la profondeur de leur intimité, soit elle est née Tartempion et il est inutile de le faire savoir. Le directeur du C.I.F. avait pour les morts les mêmes amicales habitudes : Vincent, François, Paul et les autres, il les avait si longtemps fréquentés dans l'ardente convivialité de la lecture et des méditations ! Il avait d'ailleurs dû fournir à leur sujet un effort de mémoire aussi intense que les courtisans jadis pour retenir les titres, préséances et jeux d'alliances familiales, car de même que peu eussent pu préciser si telle débutante était bien l'arrière-petite-cousine de la duchesse (à part Marcel et cette pipelette de Louis), il était quasiment le seul à connaître le prénom de Bossuet ou de Mme de La Fayette — ah ! l'éloquence de Jacques dans *Le Sermon sur la mort* ! Les affinités électives ignorant les frontières spatio-temporelles, il tutoyait aussi les Anciens — Publius, Cornelius, Marcus. Ses relations toutefois s'arrêtaient là : souvent, en amont, signe indubitable d'une société encore mal dégrossie, ils n'avaient pas de prénom — Eschyle, Sophocle — lui-même avait la simplicité des Grands — appelez-moi Gérard. — Je leur sous-louais la maison depuis plusieurs années et là, bon, je suis très embêté : ils sont partis sans crier gare, en n'emportant presque rien à part leur voiture, donc ils peuvent revenir demain... Mais d'un autre côté moi j'ai des frais, mon propre loyer à payer. Et le sucre ! Barek naturellement l'avait oublié, qui posait délicatement une tasse à proximité du directeur, el sukr, répéta celui-ci, babines retroussées — il était parfois nécessaire de parler la langue indigène pour bien se faire comprendre. La police est venue, ils ont fouillé partout, mais on ne leur connaissait pas de famille et personne n'a ordonné de véritable enquête. Toutes leurs affaires sont donc restées sur place... Légalement, je suis coincé, dit-il en repoussant sa soucoupe ; ça ne se fait pas, commenta-t-il aussitôt sans qu'on sût au juste si son blâme concernait les disparitions impromptues ou l'hypothèse de boire le café sans sucre. Il regardait ses visiteurs par-dessus son menton, ce qui lui permettait d'avoir l'air debout, même vautré dans son fauteuil ; au bureau, il adoptait surtout cette attitude après avoir invité son interlocuteur à s'asseoir, et la réservait plus généralement à l'immense majorité des pedzouilles, nains ou géants, qui ne connaissaient pas Jeanne. Son ventre formait trois plis au-dessus de sa ceinture.

De temps en temps, il jetait un coup d'œil rancunier au téléphone bleu qui dormait à poings fermés sur la gauche et vérifia même deux fois, en y collant l'oreille, qu'il respirait encore ; il y avait quelque chose d'anormal dans ce mutisme prolongé de l'univers — d'ordinaire on l'appelait sans cesse du monde entier — et l'appareil, comme du reste les innombrables amis de Gérard, ne pouvait avoir qu'une seule raison de ne pas donner signe de vie, c'était d'être mort. Barek apporta du sucre, mais le café avait refroidi. Une secrétaire lui présenta du courrier, qu'il signa en souriant comme s'il distribuait des autographes. Donc, nous sommes bien d'accord, vous prenez la maison, mais sans rien déranger, et avec cette réserve qu'*ils* peuvent revenir. C'est deux mois de caution, payables d'avance. Il s'empara du téléphone en activité, « envoyez-moi Paul », puis, se redressant, il ratatina Hélène sous son regard : avec les femmes, ça marchait du feu de Dieu, il n'avait qu'à *se baisser*. « Paul va vous montrer la villa. » Lui-même ne pouvait pas les accompagner, il attendait incessamment un coup de fil de Saint-Moritz, Yves était débordé en ce moment, il n'avait pas pu se libérer à temps pour la grande vente annuelle du C.I.F., si courue de la jet set, qui se déroulerait l'après-midi même à l'Hôtel de l'Atlantique, mais il avait promis de faire un saut, cher vieux Yves — Hélène se leva (Saint Laurent ? Saint-Martin ?) — ils se voyaient dès que possible malgré leurs responsabilités respectives, préservant leur précieux lien des vicissitudes de l'existence — Gérard sourit. Quand il souriait, il ressemblait à un goret, retroussant le nez et découvrant des dents si porcines qu'on s'étonnait de ne pas entendre de grognement concomitant — rien ne comptait plus que l'amitié, Yves et lui c'était à la vie à la mort — Hélène ouvrit la porte et sortit, précédant son mari — ils étaient copains comme cochons. Yves se sentait fatigué ces derniers temps, il revenait de Pékin, le pauvre, toujours sur la brèche, il allait appeler bientôt — Hélène sourit aussi (Saint-Glinglin ?). Gérard Tarin les salua d'un geste, ventre en avant au seuil de son bureau. Quoique appartenant, dans la taxonomie de sa visiteuse, à la classe des Gros, ordre des Très Gros, famille des Mous, le directeur se jugeait svelte et beau. Dans son esprit, il n'*était* pas gros, il *jouait* à le paraître ; c'était un rôle de composition, un hommage tacite à Marlon. Ses bourrelets relevaient de la technique de l'Actors' Studio, produisant une illusion si parfaite que tout le monde s'y laissait prendre. Son embonpoint était un art : si on le trouvait obèse, cela ne venait pas de sa graisse, mais de son talent.

La villa de Simon Chambon était située dans une rue parallèle au front de mer. Une grille en métal rouillée ouvrait sur un jardin envahi d'herbes. Dans des pots de terre cuite, toutes les plantes avaient l'air en larmes, les feuilles pendaient, pâles, affaissées comme un visage qui fond. Un tuyau d'arrosage traînait sous un buisson, serpent mort. Seul un arbre portait gaiement de gros fruits jaunes — des pamplemousses, s'écria Hélène qui n'en avait jamais vu dans la nature, elle croyait qu'ils poussaient par terre, comme les melons. Les murs s'écaillaient par plaques, qui dessinaient sur le pourtour de la maison une ligne de flottaison bien visible : la mer, en trois quarts de siècle, avait reculé de quelques mètres, laissant cette épave à sec. Des ronces s'accrochaient aux fenêtres. Sur la gauche béaient les portes d'un garage vide auquel ses taches d'huile, le vent salé et, à une patère, un volant de bois verni tel un vieux gouvernail donnaient l'aspect d'un hangar à bateaux.

— Voilà, c'est ici, dit Paul Durand en s'effaçant sur le paillasson avec la discrétion du gardien de cimetière qui vous a conduit jusqu'à une tombe et va retourner dans sa guérite, à moins que vous n'ayez des questions à poser. — Mais... ils n'ont vraiment laissé aucun message, enfin... est-ce qu'ils vont revenir ? Hélène hésitait sur la première marche, respirant une odeur de renfermé, de mausolée. L'animateur haussa les épaules, il ne le savait pas davantage que la date du Jugement dernier ou si les fantômes existent. Vous qui cherchez des lieux, dit-il à Jacques, vous allez être servi : c'est la maison idéale pour tourner *L'Exorciste* ou *Le Retour des morts-vivants* ! Bon, je vous laisse. À bientôt, de toute façon. Vous allez à la vente tout à l'heure, je crois... J'habite à deux pas, de l'autre côté de la rue, les volets bleus. Je retourne au bureau, mais ma femme est là, si vous avez besoin de quoi que ce soit... Hélène posa un pied sur le carrelage du vestibule, dessinant l'empreinte de son pas dans le sable passé sous la porte — il avait donc une femme — sur lequel le vent avait formé des monticules, des courbes, des rondeurs — il aimait donc les femmes. Du courrier s'entassait sur un meuble, des journaux, des lettres décachetées — Simon Chambon, Villa *Les Vagues*, Laure Nemours, des numéros de *Mickey* pour T. Chambon — elle avait gardé son nom de jeune fille, ou peut-être n'étaient-ils pas mariés. L'animateur n'avait pas envie d'entrer, il restait dans le soleil, son visage émacié à contre-jour ; sous un certain angle, il rappelait un peu Dracula — en mieux. Je vous laisse. Il reculait vers la grille, une main près de l'oreille, au revoir. Hélène redescendit les marches, au revoir, oui, il avança la paume comme pour l'empêcher de venir, je vous laisse, répéta-t-il, ne vous dérangez pas , puis son guide lexical exhuma soudain le mot juste, le mot qu'il cherchait depuis le début, le mot approprié à la silhouette qui approchait dans la lumière avec un sourire — il ouvrit à peine la porte et se faufila par l'embrasure — je vous quitte.

À l'intérieur, Jacques était en contemplation devant une statue. Les seins avaient ce modelé piriforme dont tout le monde parle mais que peu de gens ont vu. La taille était mince, les cuisses fortes, les fesses rondes et galbées comme celles de la Vénus hottentote au musée des Arts océaniques, qu'il connaissait sur le bout des doigts pour s'être caché des heures derrière, à l'affût d'une autre déesse, beaucoup moins callipyge celle-là, et cependant jalousée. Le visage en revanche n'avait pas été travaillé, il était à peine ébauché — une esquisse de nez, deux traits pour les yeux, des lèvres qui n'exprimaient rien — comme si le sculpteur s'était tenu toujours à l'extérieur du modèle sans pouvoir lire en lui, à moins simplement qu'il n'ait pas eu de talent. Quelque chose pourtant émanait de ce corps en terre à la fois fragile et puissant, quelque chose de vivant qui ne venait peut-être que de sa multiplication dans la pièce, couché, assis, agenouillé, debout chevelure renversée, échappant sans cesse au désir de lui faire garder la pose, pas d'une beauté merveilleuse sans doute, mais libre, ou rêvant de l'être. L'une d'elles avait perdu la tête et, à l'endroit de la cassure, la glaise était plus foncée, d'un rouge brun, mais la femme n'en continuait pas moins à tendre ses bras vers un ciel qu'elle ne voyait plus et à tenter, un genou fléchi, de s'extraire de sa gangue immobile. Tout en haut des jambes, entre les cuisses, une toile d'araignée formait une mousse sombre. Jacques fut saisi de cette gêne qu'il avait éprouvée quelquefois, à la morgue, devant des corps dont les cheveux, les ongles, les poils, parce qu'ils persistaient à pousser sur un cadavre tels des lichens au creux d'un arbre mort, témoignaient d'une volonté abominable de vivre encore.

La maison datait des années trente, avec un escalier majestueux d'où on s'attendait à voir descendre une star du muet, et qu'Hélène était en train de grimper comme si elle allait tomber sur Anthony Perkins, un couteau à la main. Le rez-de-chaussée était meublé d'objets hétéroclites appartenant à différentes époques ou sans style défini, dans des teintes sombres qu'éclairait à peine le jour filtré par les carreaux d'un bow-window. Sur une étagère étaient rangés des cassettes — du classique surtout, de l'opéra, du jazz — et un magnétophone couverts de poussière. Une affiche sous verre représentait une petite fille en robe jaune, avec une main rouge et un œil en forme de serrure. Son cœur n'était pas dans sa poitrine mais à l'extérieur du corps, il voguait insaisissable. Le tableau donnait l'impression d'un message chiffré, d'un rébus. Jacques André ne s'y attarda pas : il croyait que le mystère d'un lieu se dévoile aussi naturellement que le soleil se lève, il n'y avait qu'à y vivre. En tout cas, rien dans la villa n'indiquait un départ précipité, encore moins définitif ; on rentrait seulement de vacances et l'on retrouvait les choses familières laissées ici et là et qui marquaient son territoire : étui à cigarettes en argent, briquet de bakélite, chapeau accroché au perroquet de l'entrée, édition du XVIIIe siècle en maroquin bleu, cliché de femme posé sur le manteau de la cheminée. Jacques l'approcha de ses yeux.

C'était un peu ce genre de profil qu'il imaginait sous la voilette de sa cliente — il retourna la carte postale — celui de Louise Brooks, fière, ou butée, ou garce, selon le point de vue, ou bien simplement triste, maintenant qu'elle était morte. Le détective se laissa choir sur le canapé et récapitula d'un regard circulaire les premières pièces à conviction. Inventeur d'une espèce de topognomonie, il dressait un portrait-robot de l'occupant d'après l'espace occupé. Celui-ci devenait un visage d'où l'observateur tirait les mêmes informations que d'un front bas ou de lèvres pulpeuses. Faute de posséder encore une photographie de Simon Chambon, il déduisit donc de l'examen des lieux que leur locataire aimait les femmes et le passé. Certes, cette identification initiale manquait de précision en s'appliquant indifféremment à quelques dizaines de millions d'individus, mais elle offrait un avantage inestimable : elle correspondait à l'idée qu'on peut avoir d'un homme qui écrit tous les ans d'outre-mer à une correspondante oublieuse pour immortaliser Dieu sait quel printanier souvenir, et Jacques André ne doutait pas que l'image eût révélé des traits semblables — il alluma une cigarette et se demanda ce qu'il fichait là — ceux d'un bellâtre ou d'une cloche.

La cuisine était en ordre. Un tablier à fleurs pendait à un clou à côté d'un balai et d'un parapluie noir résigné à ce qu'on sorte sans lui. Une porte s'ouvrait sur l'arrière du jardin, où des marches devaient conduire à la cave. Jacques supposa qu'elle avait déjà été fouillée et qu'aucun corps ne s'y putréfiait, il n'y alla donc pas. Dans une pelle à poussière, un papier était roulé en boule. Il le déplia : « Tu es mon Eurydice, ma femme, mon Égarée. » La ligne était manuscrite, raturée. Le début d'un poème, un vers de mirliton.

À l'étage, deux pièces donnaient sur une terrasse commune dont la rambarde érodée ramenait quelques jours en arrière, accoudé à scruter la mer, l'horizon qui toujours recule comme si l'on n'avançait pas. Alors, ça avance ? dit Hélène de derrière la cloison. Il longea le bastingage jusqu'à la porte-fenêtre. C'était la chambre à coucher du couple — un lit double, une psyché, un bureau déporté d'une administration quelconque. Un immense placard latéral était ouvert, découvrant des toilettes de toutes les couleurs. Hélène en tenait une devant elle et tournoyait en en faisant bouger les volants. Tu peux toujours noter que Laure Nemours aimait les robes, suggéra-t-elle. Jacques mit les mains parmi la masse des vêtements serrés les uns contre les autres — tissus caressants, étoffes soyeuses d'où s'échappait un parfum de vanille, dépouilles des épouses curieuses de Barbe-Bleue. « Aimait ? » La salle de bains regorgeait de produits de beauté, au milieu desquels un rasoir à main confirmait les goûts passéistes de son utilisateur. La dernière chambre était celle de l'enfant. Tous les jouets y étaient rangés dans un alignement impeccable ; des soldats de plomb attendaient le signal de l'assaut sous une couche de neige poudreuse. Le petit garçon souriait dans un cadre en loupe de thuya ; il frottait le bout de son nez contre la truffe d'un bon gros chien aux oreilles tombantes. À qui ressemblait-il davantage ? À qui étaient ces yeux, ces joues ? Jacques André revint à pas lents dans la chambre des parents. Hélène avait passé un ensemble blanc drapé sur les hanches, elle exagérait. Il lui sourit pourtant. Elle était un peu plus petite que Laure Nemours, le blanc lui allait bien et elle aimait aussi les robes.

La radio fonctionnait. Sitôt le voyant allumé, elle mitrailla des commentaires en espagnol comme si on la libérait d'un vœu de silence. Il s'agissait d'une de ces gloses sur les bassins d'effondrement que l'Europe s'enorgueillit d'exporter sur les ondes étrangères aux heures où personne n'écoute. Jacques erra encore d'une pièce à l'autre, déboussolé. Il avait perdu son assurance primitive et, comme à observer un nouveau-né le visiteur hésite à reconnaître en lui son père ou sa mère, il ne savait plus qui hantait vraiment ces lieux. À qui était cette écharpe au mur, ce coupe-papier, ce cheveu blond sur le velours d'un fauteuil ? Il ne lisait plus rien sur le visage de l'espace, les traits s'en brouillaient, s'en fermaient. Y décelait-il Laure ou Simon ? Il se trouvait soudain face à l'inconnu, face aux deux inconnues dont se composait l'équation. Il devait donc savoir, et il voulait savoir, et il saurait *de qui tenait* cette maison. Il s'assit en bas devant la statue agenouillée, qui était-ce ? Elle cambrait les reins, se rengorgeait : elle aimait les hommes aussi.

III

À l'Hôtel de l'Atlantique, il y avait du courrier pour M. André. C'était un télégramme. « Sûrement lui — stop — Restez — stop — Veut tout savoir — stop. » Se trouvant ainsi conforté dans la décision qu'il avait déjà prise de s'installer chez Simon Chambon même si celui-ci s'avérait sans lien avec l'affaire, il laissa Hélène s'occuper de la note et des bagages, et alla s'asseoir dans l'un des fauteuils club du bar. Encore en mer, il avait rédigé un premier rapport, l'avait posté à Mogdoul : un certain Simon ayant disparu brusquement de Zigliara deux mois plus tôt, cela pouvait peut-être expliquer l'absence de carte postale d'un certain Jacques vers la même époque (? ! avait-il ponctué mentalement). Dans cette hypothèse, il avait déjà établi des contacts avec des amis du susnommé. Devait-il suivre cette piste ou l'abandonner ? Il présentait ces découvertes si rapides avec circonspection, comme le fruit de l'expérience et non de la chance, toujours suspecte aux yeux d'une clientèle qui, par mesure de prophylaxie, fuyait tout symptôme de cocuage (certains maris, soucieux de faire mentir la rumeur, étaient même allés jusqu'à se pendre pour prouver leur déveine, bien inutilement selon le privé appelé sur les lieux, puisque ce geste n'empêchait pas qu'on se disputât un bout de la corde). Il avait du flair, voilà tout.

Il relut le message avec agacement. « Sûrement lui. » Qui, lui ? Jacques ? Quoique happé par l'énigme de ces disparitions et tenté de la résoudre, il estimait que la commanditaire ne lui facilitait pas la tâche. Qu'est-ce qui lui permettait de croire, par exemple, que Simon Chambon, bibliothécaire d'une quarantaine d'années, ayant femme et enfant et habitant la villa *Les Vagues* — tels étaient les seuls renseignements qu'il lui avait fournis — avait jugé pertinent de changer de prénom, une fois l'an, dans le seul but, d'ailleurs manqué, de se rappeler à son bon souvenir ? Le nom de Simon Chambon avait-il réveillé des images de « Jacques » ? Que lui évoquait-il ? Un ex-amant pas libre s'inventant une identité pour elle seule dans les jeux amoureux ? Un mythomane inoffensif désireux de créer du mystère à peu de frais ? Une ancienne relation de Ziglia-ra ? Était-elle déjà venue à la villa *Les Vagues*, et avec qui ? Il aurait bien aimé qu'elle le lui dise, qu'elle l'aide un peu. Il lui semblait que les rapports détaillés qu'elle exigeait, elle eût été plus à même que lui de les composer, mais bien entendu il ne pouvait pas les lui demander ! Il avait l'impression de subir une épreuve d'aptitude à la profession... « Restez », enjoignait-elle ensuite, restez, comme à un prétendant excédé qui vient de se lever pour partir et qui va rester, se rasseoir, se rassir, sans pour autant rien obtenir. Jacques André s'enfonça dans son fauteuil, c'était ce qu'on allait voir.

Il resta un moment méditatif, s'éventant avec l'enveloppe du télégramme expédié de la rue de Rennes, pas loin de son agence ; puis il la rangea dans sa poche. Il ne remarquera que plus tard l'étrange conjugaison du dernier verbe — erreur, lapsus ou signe. Pour l'instant il a trop de gens à cerner pour s'interroger sur cette personne qui, entre sa cliente et lui, s'immisce en *tiers* dans l'histoire et qui, comme lui, « veut tout savoir ». « Jacques » ? Le détective avala d'un trait son whisky. Son enquête ressemblait à une conversation avec Tarin — Jacques ? répéta Hélène, tu viens ? — il s'agissait de trouver qui était Jacques, ou celui qui se cachait derrière ce pseudonyme tel un acteur derrière ses lunettes noires, et pourquoi, s'il n'était pas mort, il ne donnait plus de nouvelles.

Mais peut-être était-il mort.

L'Hôtel de l'Atlantique était le meilleur de Zigliara. Il avait acquis une certaine notoriété en recevant jadis Winston Churchill et Orson Welles, dont les bedaines respectives ornaient les murs du grand hall. Le maître, ainsi que Jacques s'était empressé de le mémoriser, avait utilisé différents sites locaux pour deux de ses films — l'île sauvage au large de la côte, des fouilles romaines *à visiter absolument* et le palais du prince Mosgam, en ruine sur la lagune.

Le « chasseur de lieux » avait mis au point un scénario bidon à l'usage des curieux éventuels, mi-policier mi-psychologique, l'amour, la mort, enfin il n'avait pas le droit d'en révéler davantage, mais le palais désaffecté le fascinait, il s'y passerait sûrement quelque chose. Il ne pouvait pas dévoiler non plus l'identité du réalisateur, cela devait demeurer confidentiel jusqu'au tournage effectif : voilà ce qu'il répondrait si on le questionnait, mentant à peine au fond, puisqu'il ignorait le nom de sa cliente — il écrivait à une boîte postale, elle payait en liquide — on connaissait la paranoïa des gens de ce milieu...

Sur les colonnes du hall et à la réception, des placards annonçaient la vente aux enchères annuelle du C.I.F., sous le haut patronage de la F.I.A.C. et avec la bienveillante autorisation du prince, en présence de nombreuses personnalités. Entrée libre. Jacques André ne voulait pas manquer cette occasion de rencontrer les amis du disparu et, si possible, de pénétrer rapidement dans leur cercle. Les enchères commençaient à quinze heures dans les jardins de l'hôtel. L'affiche, composée par l'animateur culturel du C.I.F. dans le souci de complaire au Gotha local, précisait que les bénéfices iraient aux — pauvres, malheureux, miséreux, misérables, non, ces mots ne convenaient pas, trop pleins, trop lourds à porter pour des hôtes déjà accablés par le poids des responsabilités et les pesanteurs d'estomac, aux démunis, aux défavorisés, ça n'allait pas non plus, trop de privations pour une affiche illustrée d'une Aston Martin, aux nécessiteux, aux indigents, ah, « indigents » n'était pas mal, on disait cela aussi des imbéciles, or n'y avait-il pas un fond de bêtise dans l'inaptitude à gagner de l'argent, les pauvres y mettaient du leur, c'était un peu leur faute, après tout... Soudain, telle la route de Damas, l'obscur chemin lexical s'était illuminé aux yeux de Paul : la Nature et le Sort lui étaient apparus sous la forme de parents sévères mais justes qui, P.-D.G. d'une multinationale à l'échelle planétaire, se devaient d'éliminer de leur succession leurs rejetons les moins doués, leurs fils indignes, on ne pouvait pas coucher n'importe qui sur son testament quand la famille était si vaste, à peine un codicille suggérait-il, une fois l'an, l'organisation d'une vente à leur profit, par conséquent les bénéfices iraient aux *déshérités*.

Ils se dirigèrent vers la piscine. L'hôtel servait aussi de club sportif à la bourgeoisie zigliaraine et aux résidents étrangers. Moyennant une forte cotisation, ils pouvaient disposer des tennis, du bassin de trente-trois mètres, du sauna et de quelques appareils de musculation. Comme ces gens dont on sent qu'ils ont été beaux et qui portent avec noblesse la douleur de ne l'être plus, les lieux se souvenaient dignement d'une lointaine heure de gloire : trace rouillée d'un plongeoir disparu, carreaux de faïence arrachés ou disjoints, filets rapiécés, lézardes courant sur le marbre, fissures, fentes, fatigue. Du monde s'était déplacé des environs pour les enchères et attendait l'heure en sirotant le long des pelouses. À la surface de la piscine circulaient en lentes volutes bleues des têtes de dames qui n'aimaient pas l'eau. Celle-ci était pourtant d'une température exceptionnellement élevée, ce qui témoignait d'une clientèle de choix ; en effet, ainsi que les habitués du club l'expliqueraient bientôt aux nouveaux venus, la direction chauffait la piscine à proportion de la qualité des pensionnaires. Un député pouvait espérer barboter aux environs de 25°, une célébrité du show-biz cotait dans les 30-31°, mais les anciens se souvenaient aussi d'un prix Goncourt qui avait tiré jusqu'à 35°, ressortant tout fumant d'un chaleureux bain de foule. Seuls deux ou trois footballeurs et la vedette du feuilleton de vingt heures sur Télé-Mogdoul frisaient l'ébullition.

L'Aston Martin, clou de la vente, offerte par le Palais, trônait sur l'herbe au milieu d'un cercle de badauds qui exprimaient leur émotion par des Ah ! béants ou des silences babas. Si les plus grands tableaux du monde peuvent susciter des critiques, s'il se trouve toujours quelqu'un pour juger trop viril le sourire de la *Joconde* ou désagréablement verdâtre *Le Radeau de la méduse*, de mémoire de collectionneur l'on n'a jamais émis la moindre réserve sur une Aston Martin : c'est l'un des rares objets de l'univers sur lesquels tout le monde est d'accord.

Près d'une table, Paul Durand était en train de

discuter avec un homme d'environ quarante ans qui fut aussitôt présenté à Jacques et Hélène André comme le docteur de Boissières, dont il leur avait déjà parlé, chirurgien-dentiste éminent, amoureux de belles Anglaises entre autres, n'est-ce pas Robert, et fin connaisseur d'un pays où il vivait depuis l'enfance. À ses côtés se tenait une jeune femme brune qui n'avait pas l'air anglaise ; du moins ses seins ne pratiquaient-ils pas l'*understatement*.
— M. et Mme André vont loger quelques semaines dans la maison de Chambon (Jacques sentit la main de son vis-à-vis se crisper sur la sienne, il lui ouvrit immédiatement une entrée dans son carnet). Jacques effectue des repérages pour un film. Mme André est une cantatrice de talent, et malgré sa modestie nous espérons parvenir à la faire chanter, ajouta-t-il d'un air d'intelligence. Hélène sourit sans desserrer les dents, réussissant ainsi d'un même coup à montrer à l'animateur son agacement tout en cachant au praticien sa canine dévitalisée. Sans qu'elle pût vraiment l'expliquer, Paul Durand l'irritait. Elle avait l'impression que ses paroles ne venaient pas de lui mais d'une espèce de rôle dans une pièce inepte, et qu'il aurait appris par cœur. Peut-être était-ce seulement parce qu'il s'occupait de théâtre, mais en tout cas elle n'avait pas envie de jouer la même comédie, de donner la réplique sur ce même ton badin, et elle souffrait comme une héroïne racinienne cantonnée aux emplois de soubrette. Robert de Boissières, lui, semblait avoir une

âme. Il la regardait d'un œil incisif et pourtant doux, en homme sans doute rompu, dans l'exercice de sa profession, aux douleurs indicibles, aux chagrins inarticulés, aux affres muettes.

La conversation reprit. Robert avait remarqué que parmi les lots à vendre, là, sur la table, figurait une *Encyclopédie des Mythologies* dont les cinq volumes avaient appartenu, dont les cinq volumes *appartenaient* à Simon Chambon ; qui s'était permis de les prendre ? Tarin, pour se dédommager des loyers impayés ? « C'est une erreur, c'est une erreur », répétait Durand comme s'il parlait au téléphone sans oser raccrocher. Jacques imprimait sa nouvelle fiche technique : « R. de B. : grand, baraqué. Porte beau. Blazer bleu marine. Accompagné d'un joli petit lot aux allures temporaires. En sait long. » Lorsque Hélène, le soir, ouvrira le carnet afin de collaborer à l'enquête, sa contribution — « Homme à femmes. Cheveux superbes. A du cœur » — sera annulée par les notes déjà inscrites, auxquelles son mari aura *in fine* rajouté : « Amateur. » Amateur de quoi ? demandera-t-elle. De seins, d'automobiles ? — Hélène, s'il te plaît mon ange, ne t'occupe pas de ça. Amuse-toi, visite la région, profite du soleil. Laisse-moi faire mon travail. Il lui retirera le carnet des mains — lui est un professionnel.

On leur présenta aussi Étienne Boulequier, venu de lui-même s'adjoindre au groupe. — Alors vous êtes dans le cinéma, constata-t-il à l'adresse de

Jacques du ton dont il eût dit : « Vous êtes dans le pétrin. » Nous ramons sur la même galère. Moi, je fais des musiques originales, à la demande. Mais j'ai cessé de composer, depuis un moment : je suis sur un roman, ces temps-ci, un truc assez fort. Ça me ferait plaisir de parler bizness un de ces jours, hein ? Vous créchez où dans ce fichu bled ? La réponse le laissa coi une demi-minute, ce qui permit à la vente de démarrer. Il lui tendit néanmoins une carte de visite du format d'une carte postale, sur laquelle s'étageaient en lettres d'or ses multiples dons naturels :

Étienne Boulequier
journaliste
compositeur
musicologue
écrivain.

Il tenait en laisse un chien de père inconnu qui tentait de fourrager sous la robe d'Hélène. Ses cheveux étaient huileux, sa veste noire émaillée de taches grasses : il devait faire aussi de la peinture. Ou bien était-ce une façon discrète d'attendre la gloire ? « Bon, eh bien salut alors, je passerai te voir un de ces quatre, on causera », conclut-il en lui tapant sur l'épaule. Après quoi, en réaction contre une écriture filmique trop soumise à la logique, il resta là.

La vente était orchestrée par un grand type tout

sourire qui aurait pu être beau si l'idée lui en était venue ; pour l'heure, il paraissait sortir d'un œuf à peine éclos et gardait sur la tête, casque de cheveux clairs coupés au bol, un débris de coquille. Le monde qu'il contemplait avec enchantement ne pouvait pas être ce monde-ci, et Jacques André vérifia une fois de plus en la circonstance sa théorie de l'interaction du lieu et de l'occupant : à force d'être dans la lune, le commissaire-priseur avait emprunté à cet astre sa principale expression : il avait l'air con — c'est Daniel Fortin, l'autre zozo du C.I.F. à la botte de Tarin, chuchota Boulequier, qui détestait la figuration ; il n'anime pas grand-chose, comme tu vois — tinuellement étonné ou ravi ; il posait sur les choses un regard ébloui : tout était merveilleux, le ciel, les fleurs, les chaises longues, les cocktails dans les verres, les yeux des dames, les havanes des messieurs, le vent, la vie, les parasols qui s'envolent, tout, à commencer par cette magnifique théière en argentan, inoxydable, indémodable, cinquante dollars, qui dit mieux, les prix grimpèrent vite, cent, cent trente dollars, encore un effort, le bonimenteur accélérait la cadence comme un reporter à la fin d'un sprint en direct, qui va l'emporter, ce fut un gros monsieur rubicond qui ne devait pas boire du thé souvent mais qui, dans la course aux affaires, mesurant tout en argent-temps, ne dédaignait pas le gain du trophée. Gérard Tarin vint lui faire signer le bulletin d'acquisition — c'est comme ce crétin de Tarin, versifia Boulequier à l'oreille de Jacques :

une tare ambulante ! Il fait de vagues trucs minables en attendant qu'on lui confie la direction de Beaubourg !... Et pour la culture, zéro : il ne s'intéresse même pas à mon œuvre. Je t'assure, ici, pour un artiste, c'est le désert du Kalahari.

Daniel Fortin déroulait maintenant des coupons de tissus précieux tout en dévidant le dictionnaire des synonymes prêté par son collègue Durand, des coussins, des rideaux pour orner, parer, décorer, embellir : lui se servait de tous les mots sans choix ni loi ; l'univers était neuf et vierge, la parole innocente et naissante, il n'y avait donc pas lieu de raturer. Ses sourcils se soulevaient sur des pupilles dilatées par la joie d'exister, il avait un sourire sur les lèvres comme d'autres ont un loup sur les yeux, accroché par un élastique, de temps en temps il humait l'air avec délice, Dieu que la nature était douce. Jacques André se souvint d'un chef scout qui avait exactement la même tête et qui avait fini piétiné par un sanglier dont il avait voulu caresser le pelage.

La vente se poursuivit par l'envol d'un tapis de haute laine dont chacun admira les couleurs, les teintes, le camaïeu, les nuances, puis différents objets prirent un nouveau départ dans la vie. Robert de Boissières racheta l'encyclopédie de Simon Chambon, qui n'attirait pas grand-monde. « Puisque vous allez habiter sa villa, dit-il à Hélène lors de la pause, je vous demanderai de bien vouloir y remettre ces ouvrages. Il travaillait là-dessus, il n'aimerait pas les savoir dispersés si peu de temps après sa, son absence. » Hélène trouva qu'il avait de belles dents et qui ne paraissaient pas fausses. Elle reçut les livres bras tendus. Le menton posé au sommet de la pile, elle avait la mine d'une collégienne à qui on vient de décerner le premier prix de bonne conduite — Kronenbourg, ça suffit, décida Boulequier en enroulant la laisse autour de son poignet — mais il y avait longtemps que Robert de Boissières avait abandonné tout critère autre que morphologique pour juger des femmes, et dans ce pays où pourtant elles étaient rares, une récente tornade scandinave lui avait fait perdre ses illusions sur la prétendue discrétion des blondes ; s'il pensa d'Hélène, qui baissait les yeux sur la couverture fauve du tome V, qu'elle était *réservée*, ce fut comme on le dirait d'une table de restaurant idéalement située face à la mer : il suffisait, pour l'avoir, d'être *le premier venu*.

Ce n'était pas le cas de l'Aston Martin DB4, châssis n° 977 R Vantage Saloon, dont la conquête nécessitait une lutte serrée. Le dentiste alla se poster à l'aile droite du véhicule, d'où il pourrait étudier chaque mouvement des rangs pressés de part et d'autre comme pour l'engloutir. Daniel Fortin lisait avec délectation les multiples caractéristiques d'un modèle produit à deux cent soixante exemplaires seulement, doté de trois carburateurs développant deux cent soixante-six chevaux à cinq mille sept cent cinquante tours, de six cylindres en ligne avec double arbre à cames en tête, et le désir survivait par miracle à cette connaissance exhaustive. Ses défauts mêmes, loin de décourager, exaltaient au cœur de la foule un rêve de sauvetage. La carrosserie était rongée par une réaction chimique de l'aluminium avec les structures tubulaires métalliques ? Qu'importe : on lui rendrait sa jeunesse ! Le cuir des sièges avait vieilli ? On leur ferait faire peau neuve ! « J'en arrive maintenant au principal inconvénient de cette magnifique DB4, annonça Daniel Fortin en souriant aux anges venus nombreux : elle ne marche pas. Une petite réfection du moteur s'impose, car un piston est bloqué dans la chemise. En contrepartie, nous débuterons l'enchère à vingt mille dollars, une bagatelle chers amis, vous en — Jacques se pencha précipitamment sur Boulequier plié en deux, comme terrassé par un direct à l'estomac, qui, bouche béante au-dessus du gazon, semblait prêt à vomir tripes et boyaux sous l'œil vigilant de Kronenbourg. « Ouh ! voilà la meilleure de la journée, parvint-il enfin à articuler. C'est vrai qu'en matière de piston bloqué, il est expert, le Fortin. Sauf que sa femme, elle n'a pas suivi l'enchère, elle a préféré changer de modèle tout de suite ! Et ciao ! Cham, enfin, les amateurs de gourdes ont juste assuré l'intérim... » Robert de Boissières leva le doigt à hauteur de sa tempe — j'ai vingt-sept mille dollars à ma droite, qui dit mieux ? — « tiens, regarde le chir-den s'exciter : pas à un piston près, celui-là !

Les Fortin l'ont même appelé en renfort la nuit de leurs noces, il les a sûrement dépannés. Je te jure, si j'étais un écrivain bourgeois... Mais ça ne m'intéresse pas, toutes leurs salades ; moi, j'écris avec *ça* », conclut-il en se tapant sur le ventre. Jacques André considéra avec circonspection la source créatrice de son interlocuteur. Hu hu, approuva-t-il. Toutes leurs salades l'intéressaient énormément.

Robert de Boissières arrive à trois heures du matin sur les lieux. Daniel Fortin lui a téléphoné en désespoir de cause parce que le médecin de garde est aussi son propriétaire et qu'il doute si l'article relatif au secret dans le serment d'Hippocrate a été traduit en mogdoulien. « Viens tout de suite, je t'en prie. » Le dentiste est un peu éméché : il a fêté le mariage, justement. Il sonne à la porte, mais le couple ne répond pas. Des cris déchirants traversent les murs, des lamentations psalmodiées : on pleure, on meurt. Il contourne la maison, enfonce une fenêtre, pénètre. Tout est noir, il tâtonne à la recherche du commutateur. Daniel, appelle-t-il, Daniel — il a oublié le prénom de la mariée, une fausse rousse en extase d'avoir trouvé chaussure à son pied, le pauvre a eu tort de se marier mais l'heure n'est pas aux pléonasmes. Il les découvre qui gisent face à face en travers du lit, tentant à son approche de se donner une contenance alors que visiblement la coupe est pleine. L'épousée porte une nuisette blanche ajourée ornée de rubans. Ses joues sont colorées d'une rougeur virginale et ses lèvres pincées d'un pli matrimonial. Elle a chaussé des lunettes noires et vagit doucement, le profil détourné de son vis-à-vis qui garde encore la main crispée sur le combiné du téléphone. « Je suis bloqué », fait-il observer, la gorge nouée. « Tu as mal ? », s'enquiert le praticien qui fouille déjà dans sa mallette. L'autre opine. Une tache de sang frais macule l'ourlet dentelé de la chemise de nuit. « Martine, susurre-t-il, Martine... » Martine — elle s'appelle Martine — refuse de regarder son conjoint et fait la moue exaspérée d'une starlette à qui on a flanqué un chaperon. Par chance, Robert de Boissières a sur lui l'anesthésique dont il se sert dans les cas d'extraction. Il opère. Martine s'amollit, devient atone. Bientôt, comme cède peu à peu la gencive sous les mors du davier, l'étau se desserre et libère le croc douloureux : une défense éléphantesque, ivoirine et sanguinolente, se dresse soudain au milieu du décor, surplombée du visage encore tendu de Daniel couleur de papier mâché, tel un chasseur posant pour la photo, un pied sur la bête, juste à l'issue d'un périlleux safari. Puis il baisse les yeux sur le trophée, son sourire se mue en un rictus peiné, il jette des regards de tous côtés comme s'il cherchait où l'accrocher, ah, s'en débarrasser, le clouer au-dessus de la cheminée et oublier la jungle, mais Dieu l'a créé ainsi, il rougit, « merci Robert », il emmêle ses grands pieds dans la descente de lit, il ne sait pas où se mettre.

Quarante mille dollars à gauche, dit-il en se débattant avec son micro dont le câble décrivait autour de ses jambes des anneaux de boa constricteur. Robert de Boissières sortit de sa rêverie et chercha dans la foule d'où provenait l'offre rivale. Par-delà la ligne élancée de la carrosserie signée Touring, il ne distingua rien qu'un groupe compact figé d'attendre — quarante mille dollars deux fois — aucune voix n'en émanait, tous les visages étaient tournés vers lui, suivant passionnément les progrès de l'enchère comme, à l'écran, les hésitations du héros à quitter la femme de sa vie, avec dans tous les yeux ce mélange de cruauté et de compassion qu'on éprouve à voir quelqu'un sommé d'estimer l'inestimable, d'évaluer ce qui n'a pas de prix pour lui, de donner une limite à l'infini — quarante et un mille ! il le cria tremblant comme un prénom et aussitôt se détendit : un cri suffisait pour qu'elle revienne. La parole était ici Verbe divin — « je la veux » et elle était à lui — quarante et un mille cinq cents à gauche, nous disons quarante et un mille cinq cents, Robert leva deux doigts, quarante-deux mille à ma droite, quarante-deux mille une fois — un geste même la lui ramenait, l'égalant à Zeus qui d'un signe commandait aux nuées en couverture du dictionnaire dont Hélène s'était déchargée sur l'estrade, elle regardait Paul Durand s'éloigner le long de la piscine, quarante-trois mille une fois, quarante-trois mille deux fois ? un vertige s'empara de Robert, de ceux peut-être qui saisissent le joueur au moment de tout miser et que lui-même avait ressenti une fois en proposant le mariage à l'une de ses patientes, « je vous veux, avait-il dit, je vous veux à tout prix » — cinquante mille dollars ! — il suffoquait, offrant tout ce qu'il possédait, tous ses trésors d'amour, mains enfoncées dans ses poches comme pour vérifier qu'il n'en avait pas la queue d'un, cinquante mille dollars une fois, un silence pesant se matérialisa sous forme d'un grand vide dans sa tête, il but une gorgée mentholée, elle était à lui, il la tenait, cinquante mille dollars deux fois, il avait brûlé les étapes, flambeur, va, maintenant il allait falloir payer, cinquante mi, ah, cinquante et un mille pour monsieur, il déglutit, heureusement elle était déjà mariée. Il insista un peu pour la forme, cinquante et un mille cinq cents, il saurait s'occuper d'elle, cinquante-trois mille, la bichonner, la rendre unique ; il jouit du court plaisir de la posséder dans les intervalles de la joute, cinquante-quatre mille, avant de renoncer, d'abandonner, cinquante-quatre mille deux fois, elle s'éloignait, une de perdue, deux cent cinquante-neuf de retrouvées, il la contempla une dernière fois, cinquante-quatre mille trois fois, il y en avait de plus belles, il se tut, laissant l'autre l'emporter, anonyme parmi la foule, alter ego sans visage, il préférait ne pas le connaître, il s'en alla, laissant l'autre *payer le prix*, adjugé vendu.

Les gens se dispersèrent, les uns rêveurs, les autres dépités, qui passèrent avec colère devant l'automobile comme s'il était injuste de ne pas obtenir ce qu'on n'a pas tenté d'avoir. Tarin vint se planter sur la plus haute marche de l'estrade et, une main sur le capot, sa dignité drapée autour de lui tel un manteau d'hermine, cambrant un pied auguste où manquaient des rubans, il entreprit de garder pour quelque portraitiste officiel cette pose testée jadis par le Roi-Soleil dans les tableaux de Rigaud, où la perruque bouclée équilibre la silhouette, et qui perd un tantinet de son harmonie lorsqu'on est chauve. Daniel Fortin rejoignit Hélène plongée dans ses pensées — était-ce Louis XIV ou Louis XIII qui aimait les gitons ? — il avait entendu parler d'elle, il serait heureux de l'accompagner au piano pour un récital, la voix était un don du ciel, il fallait le faire partager. Jacques, dit Hélène, voici M. Fortin, il est — Jacques tendit la main, oui oui — FORTIN (Daniel) : Bonne pâte. Sa femme est partie (avec Chambon ?). Impuissant ? — il avait entendu parler de lui.

IV

Jacques André s'était installé au rez-de-chaussée de la villa *Les Vagues*. Il avait poussé près de la fenêtre le bureau qui jusqu'alors regardait le mur, ce qui lui donnait le sentiment peut-être illusoire d'avoir un œil à tout : à la rue dont le treillis ajouré du jardin laissait voir les mouvements, et aux papiers qui se refusaient à témoigner d'autre chose que d'une honnête vie de famille. Il avait étalé sur la table le contenu des tiroirs visiblement déjà fouillés par la police locale et refermés avec la violence que provoque, à la longue, l'examen de l'existence d'autrui quand elle ressemble trop à la nôtre : détail de ce qu'on achète pour vivre, du prix qu'on le paie, des assurances qu'on prend contre le dégât des eaux, du feu, du temps qui passe — Simon cotisait pour la retraite, Laure allait chez l'esthéticienne — précautions contre la perte des choses — grillages, verrous, pense-bête, liste des commissions d'une main fine de femme, mais lui aussi avait une belle écriture, dont les pleins et les déliés ressuscitaient constamment, tel un souvenir d'enfance, son lointain apprentissage. Peu de courrier, pas de correspondance intime : vagues projets de visites, brefs bonjours sur cartes postales, pas de quoi fouetter un chat. Derrière la haie du jardin, un palmier s'élevait au milieu de la chaussée comme un défi à l'ordre établi, revendiquant de pousser dans les sentiers battus avec une hauteur qui ne manquait pas de toupet. Il avait beau être mal en point — tous les palmiers de Zigliara étaient tombés malades dix ans plus tôt, et, selon le guide touristique, leur sauvetage se situait, dans la hiérarchie des préoccupations mondiales, juste après les canaux de Venise et immédiatement avant les bisons de l'Oklahoma — il avait l'air immortel : pinceau déplumé qui tirait son éternité d'avoir peint le ciel. Jacques était là depuis dix jours maintenant, et sa toile à lui ne présentait guère qu'une ébauche ; l'arrière-plan définissait quelques lignes dont il ignorait encore si la perspective était juste, tout le centre restait vide ou s'encombrait de détails inutiles qu'il gommait au fur et à mesure tout en en gardant la trace car peut-être au fond l'un d'eux servirait-il un jour, comment savoir ? Que cherchait-il en vérité, sinon la petite touche de couleur, l'angle de vue, l'objet insolite — mouche, crâne, ruban — à partir duquel tout se déplierait, se dévoilerait à sa compréhension, s'ouvrirait à son regard ? Mais pour le moment... il repoussa la paperasse. Il y avait peu de chances qu'une note de gaz constituât jamais le nombre d'or d'une vie, ou alors ce ne serait pas une belle vie, et le détective, malgré bien des efforts quelquefois, n'arrivait pas à mépriser ce qu'il cherchait.

L'appel à la prière retentit. Jacques soupira, si seulement Dieu lui donnait un coup de pouce ! La voix monta aussi haut qu'elle put, Allah Akhbar, puis se perdit dans un crissement crachotant comme quand on change de disque, avant de reprendre de plus belle, c'était sans cesse la même chanson enregistrée sur cassette. Il avait lu que certains muezzins effectuaient dans une mosquée de Clermont-Ferrand des stages de formation financés par l'industrie du pneu. Le sentiment de l'immensité cosmique, la puissance du charme exotique et l'intensité de la grâce mystique, déjà sensiblement amoindris par la mauvaise qualité de la bande magnétique, se trouvaient définitivement entamés par cette ingérence auvergnate. Jacques n'en était cependant pas choqué, ayant toujours considéré Dieu comme une sorte de bonhomme Michelin qu'on était libre de laisser se balancer sous son nez pendant le voyage mais qu'il avait personnellement choisi, par goût des horizons dégagés, de ne pas accrocher à son rétroviseur.

Le jour finissait, et depuis que Jacques était installé dans la maison, le muezzin à cette heure faisait surtout fonction d'horloge parlante : il était temps de s'offrir un scotch. Et là, où est le bar ? psalmodia-t-il en farfouillant dans le buffet. Hélène était partie au début de l'après-midi, elle répétait avec les animateurs du C.I.F. Il était content qu'elle ait accepté ; d'abord cela l'occupait, et puis la fréquentation des amis de Chambon s'en verrait sans doute accélérée. Lui faisait encore un peu le mort, mais il n'allait pas tarder à sortir de son trou, sinon il n'aurait bientôt plus rien à raconter à la Voilette. Son verre à la main, il inspecta les étagères, prit une cassette au hasard — des airs de la Callas — épousseta l'appareil, un autoreverse couvert de boutons mais qui marchait.

Il y avait dix minutes environ qu'il écoutait souffrir Norma en épluchant les relevés bancaires de Chambon — le salaire du bibliothécaire continuait de lui être versé avec la troublante régularité d'un cœur battant dans un corps inerte — lorsqu'une ombre attira son attention. Un visage cherchait à deviner à travers le treillis ce qui se passait à l'intérieur. Il se leva pour montrer qu'il était là ; peu après, on sonna.

La femme de Paul Durand s'appelait Micaela, Michèle depuis son mariage, elle n'avait pas pu rendre visite plus tôt à ses nouveaux voisins à cause d'une mauvaise chute de cheval, elle faisait du cheval mais allait probablement s'arrêter car elle avait des problèmes de lombaires, elle était très cambrée, son masseur lui avait déconseillé l'équitation, la moto également, elle faisait un peu de rééducation, sans trop y croire parce que les Capricornes ont le dos fragile, c'est leur point faible, pas comme les Taureaux, des forceurs, surtout les hommes, heureusement le climat était propice, ils étaient arrivés à la fin de l'année, elle aimait le soleil, elle était espagnole, elle ne supportait pas de rester longtemps partie, sa grand-mère habitait là-bas, elle allait la faire venir, c'était elle qui l'avait élevée, ses parents ne s'en étaient guère occupés, elle n'avait pas eu une enfance heureuse, pourtant les Espagnols ont le sens de la famille, de l'amitié, elle était très fidèle en amitié, elle s'ennuyait un peu à Zigliara, son mari était énormément de travail, elle ne fréquentait pas grand-monde, les gens sont tellement renfermés, ou alors trop machos, les Mogdouliens par exemple, mais les Français étaient trop froids, pas comme les Espagnols, si chaleureux, on se trompait souvent sur les Espagnols, les Espagnols sont très, elle adorait rencontrer des gens nouveaux, les Chambon n'étaient pas très sympathiques, lui très intello, toujours dans ses bouquins, saoul le reste du temps et alors méchant, provocateur, elle carrément désagréable, elle se prenait pour Sarah Bernhardt, leur fils en supportait les conséquences, le pauvre gosse, il était devenu à moitié débile, les enfants ont besoin qu'on les aime, c'est important l'amour, elle était désolée de ne pas s'être présentée plus tôt, entre voisins, mais elle avait eu très mal au dos, elle se sentait mieux maintenant, elle allait arrêter le cheval, quand pouvaient-ils venir dîner, elle avait aperçu sa femme au marché, ce devait être sa femme, ici tout le monde se connaît, son mari lui avait dit qu'elle chantait bien, qu'elle était très, mais elle ne voulait pas le déranger, contrairement à ce qu'on pense, les Espagnols sont plutôt timides, il avait de la chance de travailler dans le cinéma, elle avait failli devenir mannequin mais elle n'était pas assez grande, elle ne le regrettait pas, ce milieu était sûrement pourri, elle n'avait pas fait d'études mais ça ne l'empêchait pas d'être plus intelligente que beaucoup, les livres c'est mort, finalement, elle, elle était vivante, elle aimait la nature, aller camper par exemple, le matin on fait ses besoins derrière un arbre, c'est très propre, la montagne, l'air, les Capricornes aiment les sommets, forcément, oui, elle voulait bien un café s'il en avait du tout prêt, ou bien qu'il vienne chez elle, elle faisait très bien le café, très fort, elle aimait tout ce qui était fort.

Les oiseaux dans le jardin s'étaient tus. Au fond de la maison, la Traviata mourait. Jacques toussa. Entrez, dit-il, nous serons mieux à l'intérieur.

Elle était brune, vêtue de rouge et de noir. Elle souriait rectangulairement comme si elle avait eu un œillet à la bouche et qu'elle hésitât à le lui lancer, tout en marchant dans le salon avec des poses de torero qui confirmaient une lordose. Ses parents, devant sa blondeur de bébé, l'avaient nommée Micaela, pourtant elle n'était pas fille à se faire voler la vedette dans la corrida de l'existence : à l'entendre parler, on sentait bien qu'elle savait jouer des castagnettes. Il lui proposa de s'asseoir, mais elle ne restait qu'une minute. De la cuisine où il préparait le café, il s'efforça d'abord de suivre la partition — les Chambon n'avaient aucun goût, ces statues étaient affreuses — puis, malgré l'aubaine que constitue un monologue dans l'enquête d'un détective, il cessa bientôt d'écouter ; le réseau serré des mots s'agitait pour lui à la manière de la muleta au bras du matador ; de même que c'est le mouvement du tissu et non sa couleur rouge qui provoque l'animal, de même le seul rythme de la conversation plongea-t-il soudain Jacques André dans un état d'excitation d'autant plus vive qu'inattendue : une fraction de seconde, il eut envie de gratter le sable de son pied et de foncer tête baissée vers la mise à mort. Au lieu de cela, il s'empara du plateau et revint au salon, pardon, vous disiez ?, elle répéta sa question, non non, il était né en août, il était Lion. Elle secoua ses cheveux, tête renversée : elle ne s'était pas trompée de beaucoup, il y avait de nombreux points communs entre le Lion et le Taureau, il versa le café en silence (les deux descendent dans l'arène, par exemple), mais les Lions étaient plus fort (plus difficile de leur couper la queue et les oreilles), elle alluma une cigarette, une Gitane sans filtre, le café était très bon, très corsé, elle aimait tout ce qui était fort.

Elle avait rencontré Paul à Madrid, où il occupait son premier poste dans un service culturel. Elle s'était mariée très jeune quoique le choix ne lui ait pas manqué, de toute façon elle avait toujours eu un succès fou, petite déjà, on louait sa beauté, ses cheveux, sa bouche, tous les garçons lui couraient après, enfin bref elle avait décidé d'épouser celui-là, il était un peu bonnet de nuit mais bon, c'était sur des rails, ils auraient des enfants ensemble un de ces quatre, et puis il avait de l'avenir dans sa branche, il assurait l'intendance, seulement attention, elle ne se laissait pas brider, une fois elle avait fait croire à son mari qu'elle allait voir sa grand-mère à Barcelone et elle avait retrouvé un ancien amant, un Américain, il s'appelait Clark, elle ne connaissait plus son adresse, alors elle avait écumé tous les bars de la ville avant de remettre la main dessus, ça l'avait tellement époustouflé, une obstination pareille, qu'il s'était entiché d'elle au point qu'après il lui téléphonait sans cesse chez elle, elle avait eu du mal à s'en dépatouiller, heureusement Paul ne s'était douté de rien. Comme la fois où elle avait fait la folle en boîte de nuit, le type était très beau, un grand baraqué, ça la changeait de Paul, seulement une fois dessaoulée elle avait eu peur de s'être attrapé le sida, sacrée frayeur, enfin ça faisait des souvenirs, tout ça pour dire qu'elle menait sa vie, tralala, tralala, n'ayant pas eu de père elle ne supportait pas l'autorité, elle n'avait jamais, jamais connu de loi.

Il y a des gens qui ne commencent à parler qu'avec deux cents watts dans les yeux ; encore à ce moment-là n'est-on pas sûr qu'ils se confient vraiment, qu'ils ne disent pas n'importe quoi pour retrouver silence et paix. Elle, c'était le contraire.

Sa nature avait horreur des vides. Elle partait du principe qu'elle était intéressante, qu'on se réjouissait de la connaître, et elle n'entretenait pas de mystères ; elle s'offrait d'un seul élan, insistant sur ses qualités, n'hésitant pas à se mettre en valeur, comme ces gens qui, lorsqu'ils font un cadeau, laissent le prix sur l'étiquette. Elle se déplaçait dans le salon à la manière du démarcheur à domicile qui cherche avec vous quelle sera la meilleure place pour le bel objet dont votre intérieur vient de s'enrichir ; elle expliquait son fonctionnement dans un grand luxe de détails, dépliait son mode d'emploi, vantait ses avantages avec l'assurance du commerçant qui vous fait faire une bonne affaire : elle ne se donnait pas, elle se livrait.

Le jour déclinait, le whisky baissait, la Traviata expirait. Seule la conversation ne mourait pas. Jacques fit encore quelques tours de piste, mais sans réussir à se débarrasser des banderilles aiguës qui lui perçaient la nuque. Vous êtes né quand ? demanda Micaela Durand en lui prenant la main — elle conjuguait l'étude des astres et la chiromancie. Il chercha laborieusement dans ses souvenirs (les Lions n'ont pas une mémoire d'éléphant), hésita. Vous ne savez pas quand vous êtes né ? s'esclaffa-t-elle en lui caressant la paume. Ou vous ne voulez pas le dire... Elle rit, gorge déployée, visiblement elle n'avait rien à cacher ni de sa naissance ni de celle de ses seins. Il secoua la tête — certains jours, on connaît surtout la date de sa mort — pourquoi ? Elle haussa les épaules, pour rien, pour savoir. Elle pourrait lui faire son thème, définir sa personnalité complète, elle pratiquait la numérologie, la graphologie, elle lisait aussi dans le marc de café, les cartes, les pensées, les yeux — il se leva, emportant sa main qui alla se poser sur le bord de la cheminée, l'avenir hésitait entre la migraine et le désir. Elle quitta son fauteuil et ondula jusqu'à lui, une méthode efficace pour prédire le futur c'est d'accélérer le présent, il esquiva l'estocade, vous désirez un autre café, un whisky ?, elle examina la paroi de son verre comme une boule de cristal, resta songeuse une seconde, non non, merci, il détourna le regard de ses lèvres entrouvertes, la remercia d'être venue en l'aidant à enfiler sa veste, Hélène et lui seraient enchantés de dîner chez eux le lendemain soir, il s'écarta du parfum qu'exhalait sa chevelure, il n'était pas né de la dernière pluie.

« Qu'est-ce qu'il y a à demander à une femme ? » dit une voix d'homme, soudain. Ils sursautèrent en même temps. Jacques reconnut Paul Durand. Une femme lui répondait, grave et gaie : « Beaucoup de choses, il me semble. Entre autres, cet enfant qu'on n'a pas demandé et qui se met à naître, sans qu'on sache comment ni pourquoi, le petit cochon ! » Michèle Durand s'était figée sur le seuil. Ses traits mobiles se crispèrent, son sourire devint conique, on eût dit de l'eau gelée. Elle eut à peu près le genre de regard qu'un réalisateur expressionniste allemand peut exiger de son interprète principale lors de la grande scène vaudou où celle-ci plante des aiguilles dans une poupée de chiffon. Un chuintement succéda au dialogue, un bruit de chaises, puis l'animateur hurla : « Mais tout amour n'est qu'une espèce de sale comédie mal jouée entre l'homme et la femme, les questions ne sont pas posées. » Qui est-ce, demanda Jacques, qui n'avait pas besoin de dessin. « Laure, coupa Paul Durand, je t'ai dit de sourire quand je crie. Tu souris, tout cela t'amuse. D'accord ? » C'est Laure Nemours, lâcha Micaela — la phrase lui tomba des dents comme une stalactite d'une gouttière — elle a dû enregistrer une répétition avec mon mari. Vous écoutez leurs cassettes, ajouta-t-elle d'un air de reproche. Cela ne l'amusait pas du tout.

Heureusement, la bande arrivait à son terme, et l'autre face redémarra, elle se prenait pour Sarah Bernhardt, reprit la visiteuse, apparemment équipée elle aussi d'un autoreverse. À demain soir, donc, enchaîna l'hôte. Elle descendit les trois marches du perron en faisant claquer ses talons, dans la rue passait un musicien ambulant, les tringles des sistres tintaient, oui, à demain, elle lui lança une œillade, les Espagnoles sont très, ils échangèrent une poignée de main puis elle s'éloigna vers sa maison en dansant le zapateado, la séguedille ou quelque chose de ce genre, Jacques rentra prendre une aspirine.

Lorsque l'effervescence fut retombée, il examina les rayonnages. Les cassettes étaient classées et numérotées. Celle de la Callas, qu'il écoutait, portait le numéro trente. Laure Nemours avait-elle utilisé des fins de bande pour des enregistrements personnels ? Ou au contraire avait-elle voulu effacer ceux-ci sous des airs d'opéra, en laissant des traces par inadvertance ? En tout cas il lui fallait rechercher ces blancs. Qu'allait-il y découvrir ? Rien, peut-être. Il rembobina, réécouta. « Beaucoup de choses, il me semble. » Il aimait cette voix plutôt basse. Pourquoi Laure avait-elle disparu ? Il eut soudain le sentiment que son enquête s'infléchissait vers une pente qu'on lui avait commandé de gravir et qu'il dévalait malgré lui. Simon Chambon était parti (enfui, mort, enterré), qu'importe... Cependant, il était payé pour s'occuper de lui. Il devait donc convaincre sa cliente que la clef du mystère, c'était peut-être Laure, sa compagne, qui la détenait. Le b-a ba de toute investigation policière n'est-il pas : cherchez la femme ? Et que s'était-il passé avec les Durand, leurs voisins ? Jacques s'empara d'une feuille de papier. De temps en temps, il adressait à la Voilette des notes succinctes. Elle avait protesté sans délai : elle désirait des détails ! Par provocation, il lui avait alors envoyé des photographies — le salon de la villa, la chambre de l'enfant, des cartes postales vierges. Mais sur quoi fonder des rapports longs et précis ? Il ne disposait que d'hypothèses, et il ne voulait rien écrire noir sur blanc qui ne fût confirmé par la réalité. Il nota donc seulement les données récentes, les nouvelles questions, non sans utiliser, pour les protagonistes déjà connus, le code d'initiales bien inutile destiné à faire confidentiel. Il introduisit Michèle-Micaela DURAND, la situa brièvement dans l'organigramme de Zigliara ; comme il ne tenait pas à relater par le menu l'entrevue qu'il avait eue avec elle, il médita un portrait synthétique, chercha le mot qui dirait tout, la phrase clef qui dispenserait d'un long récit tout en préservant la quintessence de l'être — les Espagnoles sont très... De même qu'il avait vu des experts reconstituer un corps virtuel à partir d'un crâne ou d'une main, de même les mots lui paraissaient-ils abriter un sens qui les dépassait, être porteurs, en quelque sorte, d'informations génétiques propres à recréer autour d'eux les éléments manquants. Ainsi s'estima-t-il aussi satisfait qu'un médecin légiste devant une mâchoire complète lorsque tomba sous sa plume la formule magique, comme prélevée de la substance même de sa sémillante voisine : « M.D. : Olé-olé. » Cela achevé, il contempla longuement la page blanche sur laquelle s'inscrivait son seul souci véritable, découpé aussi nettement que les nus en terre sur les murs du salon : qui est L.N. ? Où est L.N. ? Pendant ce temps, la Traviata avait recommencé de mourir.

Elle expire lentement, bouche presque close jusqu'au dernier souffle, ô joie. Un silence suit. Daniel rabat le couvercle du piano comme s'il lui fermait les yeux. Depuis cinq minutes, il retient ses larmes, lutte contre la destinée, mais non, elle ne part pas pour de bon, elle va revenir, revivre avec ses chichis et ses rires, avouer qu'elle s'est fourvoyée ; il va la revoir telle que la pellicule l'a fixée le soir de leur mariage, belle, blanche, virginale, telle qu'il la contemple jour après jour sur le mur de la salle à manger, *leur* salle à manger, à l'aide d'un petit projecteur emprunté au fonds du C.I.F., ce n'est pas la fin, les spasmes de la douleur bientôt cesseront, ses doigts se dénouent sur les touches d'ivoire, ils marcheront de nouveau dans le droit chemin de l'amour, loin des marchands de cacahuètes, ah ! *credula speranza*, voilà qu'elle est exsangue, inerte sur son lit... C'était bien ? dit Hélène, effondrée sur le canapé. Brava, brava, s'écrie Tarin en tirant sur un barreau de chaise, il monte sur la scène, lui tapote l'épaule, elle est bien brave. Lui-même a manqué faire carrière dans le chant lyrique, Luciano l'avait remarqué pendant le tournage d'une émission télévisée, tu as du coffre, petit, lui avait-il dit alors que, jeune réalisateur, il houspillait à pleine voix les techniciens du plateau, enfin bref, il y a encore du pain sur la planche, les cocos, mais il les aidera de ses conseils à ses moments perdus, qui sont malheureusement fort rares, d'ailleurs n'est-ce pas le téléphone qui sonne dans son bureau ?

Hélène regarde Paul Durand. Comment m'avez-vous trouvée ? Elle n'ose pas soutenir sa vue. Il lui semble qu'elle émerge d'un profond labyrinthe où elle s'était tapie, pour découvrir qu'il se tient sur le seuil, tranquille, sans essoufflement ni fièvre, à la manière de quelqu'un qui, alors que vous fuyiez, ne tentait pas de vous rejoindre, qui, tandis que vous vous cachiez, n'a pas songé à vous chercher. Bien, très bien ! Il n'y a rien à redire. Elle sourit, quel jeu joue-t-il ? N'est-ce pas, Daniel, que c'était très bien ? D'ailleurs, le patron a eu l'air content... Daniel s'essuie les paupières, hoche la tête, éperdu, il trouve qu'elle a un bel organe.

Ils montent tous trois prendre un verre dans le bureau de Paul. Hélène s'absorbe dans l'examen des étagères, qui supportent des collections de revues, des dictionnaires et des guides. Elle en extrait un gros volume — *Manuel de savoir-vivre* dont il est visible qu'on l'a beaucoup consulté : pages cornées, signets de fortune, paragraphes marqués d'une croix, « Un homme se lève toujours lorsqu'une femme arrive à sa table », « Le sourire est l'attribut indispensable du gentleman », le sommaire prévoit comment apprendre à vivre chez soi, dans la rue, au restaurant, au spectacle, dans les transports publics, à l'hôtel — Paul Durand remplace le livre dans ses mains par un coca-rhum, il a l'air contrarié sans qu'elle puisse imaginer d'autre cause que sa médiocre prestation vocale ; si elle avait eu le temps de lire plus avant, elle saurait qu'« il est indélicat, en visite, de regarder la bibliothèque de l'hôte : fouiller dans les lectures de quelqu'un, c'est comme ouvrir ses tiroirs : une atteinte à sa vie privée ».

Daniel boit d'un trait, embrasse Hélène en la serrant sur son cœur, sort : il a un atelier de guitare avec les enfants — son visage s'illumine sur ce dernier mot, le Royaume des Cieux est à eux. Hélène fixe par la fenêtre les bougainvillées rouges qui croulent dans le jour déclinant. Il a fait très beau aujourd'hui, sous-titre l'animateur. Elle appuie son front contre la vitre. Chaque fois qu'ils sont tous les deux, Paul Durand lui parle de quelqu'un d'autre, d'une tierce personne qu'elle est censée connaître, d'une relation commune dont la référence est familière et monotone — *il* va pleuvoir, *il* a fait soleil, *il* bruine — et elle s'agace de tant d'intérêt pour un sujet aussi falot, aussi impersonnel, ses dates, ses lieux, ses faits et gestes — l'année dernière, en mars, *il* a neigé sur le mont Karda — cela ne lui fait ni chaud ni froid. Elle préférerait qu'ils restent seuls ensemble, sans la présence indésirable de ce *tiers* qui, tel un chaperon dont le rôle consisterait à maintenir la conversation à un niveau constant d'indigence, les empêche de parler d'eux-mêmes. « Qu'est-ce que vous faisiez, comme théâtre ? » dit-elle tout de même. — Oh ! nous avions beaucoup d'ambition, c'est souvent le cas des amateurs. Nous avions commencé à répéter *Partage de midi* de Claudel. — Ah ! dit Hélène, pour qui Claudel évoque vaguement une vieille ganache touchée par la grâce derrière un pilier de Notre-Dame, c'est une pièce religieuse (les *deux* animateurs seraient-ils de la calotte ?) — En un sens, oui. Il y est question de la passion en général. Ce n'est pas moi qui avais choisi ce texte, de toute façon. Hélène ouvre la bouche, elle aimerait savoir qui, et ce qu'il pense de la passion, lui, Paul, en particulier. Mais l'intrus ne les lâche pas d'une semelle, s'insinue pour polariser l'attention, si bien qu'on est obligé de tenir compte de Lui, de noter Ses hauts faits, de considérer ce qu'Il est : *Il* fait nuit, dit Paul, *Il* est l'heure. Hélène franchit la porte, mais l'animateur la précède — « L'homme passe toujours le premier dans l'escalier afin de retenir la femme en cas de chute » — au bas des marches elle croise le directeur, il lui tapote à nouveau le dos, brava, brava, d'un doigt impérial il éteint derrière eux les lumières, *fiat nox*, le muezzin y va de son couplet dans le crépuscule, Hélène court presque sur la route, minuscule au fond de cet univers dont le démiurge se couche avec les poules, elle les déteste tous, Tarin, Dieu et les autres, tous ces fâcheux qui font la pluie et le beau temps, le jour et la nuit.

Elle courut cinq minutes sous les araucarias. Zigliara était si mal éclairée que les silhouettes s'évitaient de justesse en émergeant de l'obscurité. À un moment, elle longea un terrain vague où végétaient des chats et des moutons sans pasteur. Ce fut là que le malheur arriva : un bloc de béton se détacha de la grue en stationnement sur le chantier voisin, Hélène n'eut pas le temps de s'écarter, ce genre d'accident se produit fréquemment dans les pays sous-développés, elle marchait d'un bon pas le long de la décharge lorsqu'un camé lui mit un couteau sous la gorge, elle traversait l'avenue dans les clous quand un chauffard la renversa — ou peut-être n'était-elle pas dans les clous, ou peut-être n'y a-t-il pas un seul passage clouté dans tout Zigliara, ville pourrie. Jacques scrutait la rue depuis le balcon du premier étage. De rares taches lumineuses trouaient les quartiers ouest, et face à lui la mer gigantesque brillait avec des reflets de poisson. L'eau mettait un temps infini à se retirer du sable : chaque vague paraissait la dernière. En se penchant, on distinguait la villa des Durand. Dès qu'il aperçut Hélène, il redescendit s'asseoir au bureau. Elle entra dans la pièce, il se retourna en clignant des yeux comme si on venait d'y allumer une lampe. Il fait déjà nuit, s'émerveilla-t-il. Il a fait si beau, aujourd'hui... Oui, dit-elle entre ses dents — lui aussi donnait donc dans l'hagiographie de l'encombrante idole, est-ce que toutes les conversations allaient maintenant ressembler à la une des quotidiens mogdouliens relatant la journée du prince ? — oui, dit-elle, il a fait beau.

V

Bien que le cabinet du Dr de Boissières fût perdu dans le dédale de la vieille ville, il n'était pas difficile à trouver : tout le monde le connaissait et se proposait de vous y accompagner comme sur un haut lieu touristique. L'itinéraire en était d'ailleurs fléché dans sa dernière partie avec ce même souci de clarté cosmopolite qui permet d'arriver directement à l'Acropole en suivant des symboles de colonnes doriques ou sur le site d'Alésia grâce à des pictogrammes de casque gaulois : à chaque carrefour, un énorme râtelier bordé de gencives rose bonbon vous mâchait le travail. Jacques André parvint donc jusqu'à une galerie que surmontait la même gigantesque enseigne, dont les allures de piège à loups invitaient davantage à une aventure dans le Grand Nord qu'à une visite chez le dentiste. En tout cas, Robert de Boissières avait pignon sur rue.

Un porche obscur béait dessous. Jacques hésita sur le seuil, ébloui, et resta quelque temps sans rien voir avant de discerner, au fond à droite, telle une dent en or dans une bouche noire, une plaque de métal poli :

ALBERT DE BOISSIÈRES
CHIRURGIEN-DENTISTE
Diplômé de l'université de Strasbourg
Successeur : ROBERT DE BOISSIÈRES

Il pénétra sous une voûte mal entretenue, creusée d'alvéoles en stuc ; le bâtiment était sans doute un ancien palais. Le hall s'ornait d'un bassin verdâtre, une statuette lascive y crachotait un filet d'eau. Le tapis qui menait à l'accueil avait des teintes de langue hépatique. Jacques espéra qu'il n'avait rien aux dents.

Deux clients patientaient dans la salle d'attente. L'un rongeait son frein d'un air obtus ; l'autre fit au nouvel arrivant un sourire gingival : il avait dû tomber sur un os, ou bien il avait trop tardé à prendre rendez-vous. Jacques s'assit. Des piles de revues automobiles couvraient la table, il en ouvrit une. La fiche technique du mois expliquait comment réparer les dégâts de la rouille, les caries galopantes. Il existait deux méthodes : une noble, qui consistait à étamer la tôle ; une ignoble, qui se réduisait à un choucroutage au mastic sous lequel le mal souvent perçait, persistait. Les photos montraient d'horribles trous. Jacques se demanda si le Dr de Boissières était un authentique aristocrate.

Le détective n'avait pas trouvé d'autre moyen de

sonder le meilleur ami de Simon Chambon que de se rendre en consultation chez lui. A priori, garder la bouche ouverte ne paraît pas la meilleure façon de mener à bien un interrogatoire serré, mais cette posture présente néanmoins deux avantages : d'abord elle donne au béeur l'air d'un crétin, ce qui endort la méfiance du suspect ; d'autre part, il n'y a rien comme un dentiste pour combler le silence qu'il impose à son vis-à-vis ; soit souci de dédramatiser l'atmosphère, soit gêne à se tenir si près d'un visage sans l'embrasser, soit encore désir invétéré d'obturer les trous, aucun dentiste ne reste longtemps sans parler. C'est l'une des professions les plus bavardes qui soient. Évidemment, la plupart du temps ils racontent n'importe quoi, mais le détective réussirait peut-être à aiguiller la conversation.

— Ah ! tiens ? Bonjour, dit Robert de Boissières en lui tendant une main talquée. Vous êtes venu admirer les lieux ? Mon palais vous plaît ? Il tombe un peu en quenouille, mais j'ai succédé à mon père, c'est sentimental...

— C'est superbe. Cela ferait un décor magnifique, en effet. Mais j'ai surtout besoin du spécialiste, aujourd'hui.

— Eh bien nous allons voir ça.

Le fauteuil aussi était purement sentimental. Il s'abaissait grâce à un système de crémaillère ankylosé. Jacques s'y assit avec parcimonie. Le Dr de

Boissières enfilait méthodiquement des gants de latex.

— En tout cas, presque toutes vos dents sont vivantes, constata-t-il au bout d'un moment. Jacques cligna des paupières, merci du renseignement. Il n'aimait pas l'idée de mourir par petits bouts, une cellule par-ci, une illusion par-là. La prémolaire vous fait mal ? — il toqua dessus avec le manche de son instrument, ça sonna creux — non ? Oui, dit Jacques.

— Je vais vous mettre un nouvel amalgame.

Il ouvrit divers tiroirs, manipula différents ustensiles.

— À propos, amorça Jacques, la bouche en cœur, nous avons remis l'Encyclopédie dans la villa. Je l'ai feuilletée, c'est passionnant, ces mythes anciens. Le précédent locataire travaillait là-dessus, c'est cela ?

— Oui. Il étudiait les héros grecs, euh, gréco-latins : Hercule, Thésée..., la descente aux Enfers. Il préparait une somme sur le sujet.

— Quelle drôle d'histoire, tout de même. Ma femme n'est pas très rassurée dans la villa, on sent tout un passé. Que sont-ils devenus, à votre avis ?

— Aux Enfers ?

— Non, les Cham...

— Ouvrez grand la bouche.

Ses prunelles d'un bleu froid se penchèrent sur lui. La lampe du scialytique dans les yeux, renversé parmi un faisceau de tenailles et d'instruments en métal, Jacques eut soudain la pénible impression que les rôles avaient été échangés à son insu : c'était à lui qu'on allait arracher des aveux, son secret, la langue. La roulette vrombit. Ayant besoin de se raccrocher à quelque chose d'humain, le détective nota que Robert de Boissières avait des poils dans le nez. Mais ses doigts sentaient le caoutchouc, son regard était fixe, son visage impassible, il semblait porter un masque. Tout en lui un instant respira l'artifice, puis le naturel revint au galop :

— Oh ! vous savez, Simon a un caractère très impulsif. Ils avaient des ennuis, ou bien ils s'ennuyaient, ils sont partis sur un coup de tête, voilà ce que je pense. Ils ont dû retourner au Liban : il avait un appartement là-bas, ils y ont vécu longtemps, guerre ou pas. Ils avaient fini par quitter le pays à cause de leur fils, mais Zigliara ne leur convenait pas. Non, c'est tout à fait dans son style de s'en aller du jour au lendemain, ciao bye bye, c'est ce que j'ai dit à la police, d'ailleurs. Ils n'avaient rien de conformiste.

Sans emporter son rasoir ? pensa Jacques. Sans rien emporter ? déglutit-il, avalant du même coup des morceaux de plombage, éclats du sceau enfin brisé sur le secret, peut-être... Le dentiste remit son masque, ne fermez pas la bouche, ordonna-t-il en ouvrant à peine la sienne, il s'empara à nouveau de la roulette, visiblement il n'appréciait pas qu'on se mêle à la conversation, qu'on ramène sa fraise.

— Ils ont tout de même emporté quelques affaires, qu'en savez-vous ? Leur chien, de toute façon, leur voiture... Rincez-vous. Jacques tourna sept fois dans sa bouche l'eau mentholée — comment était Laure ? Avait-elle un amant ? Ce n'était pas vous, par hasard ? Paul Durand, alors ? Chambon et elle s'entendaient bien ? Il la trompait ? Les statues, c'est elle ? — d'un petit tapotement mondain il essuya ses lèvres qui laissèrent sur la serviette en papier la trace vert d'eau d'un baiser — c'était quoi, comme voiture ?

— Ah ! un modèle très sympathique : une Ariane bleu clair que je lui avais procurée.

— Une Simca Ariane ! Pas possible ! Mon oncle en avait une, dans le temps ! ah ! j'adore cette petite voiture. Il y en aurait d'autres dans la région, éventuellement ? Je m'offrirais bien un souvenir...

Le visage du praticien s'illumina, ses joues rosirent à vue d'œil. Jacques se trouva comme en face d'une femme à qui, sans en penser un mot, il aurait dit qu'elle était belle : à la honte de tromper succéda presque aussitôt la satisfaction de constater à quel point cela marchait... à moins que ce ne fût l'inverse.

Ils parlèrent de la Simca Ariane, des automobiles anciennes, du temps où l'on savait ce qu'était la *vraie* beauté — Robert de Boissières fit tour à tour sonner la fricative et rouler la constructive, Jacques se tut, d'abord parce qu'il avait dans la bouche une espèce de spéculum où il espéra que ne se réfléchissait pas son for intérieur, ensuite parce qu'il n'avait jamais songé que la beauté pût ne pas être vraie.

Le dentiste évoqua sa collection de voitures, aucune n'était postérieure à 1965, après, les constructeurs s'étaient contentés de copier le passé, de fabriquer des répliques ou des modèles fonctionnels, alors que la vraie beauté est inutile, tout le monde sent ça. Non, les vraiment belles dataient des années cinquante, du temps où — du temps, pensa le détective, où le petit Robert rêvait de conduire les décapotables qui sillonnaient Zigliara, pilotées par de fières Européennes ; les années avaient passé, le rêve était resté, l'amour s'était fixé, n'évoluant pas avec l'âge, ne se modifiant pas, ne s'adaptant pas, ne s'usant pas, se réalisant simplement dès que possible, comme on finit, adulte, par épouser sa fiancée du jardin d'enfants. — Quand je croise des types qui roulent tout farauds dans des Mercedes ou des contrepoids d'ascenseur, je me marre, je vous jure, poursuivait le docteur, j'ai envie de leur dire « pauvre cloche », « pauvre mec » (râ râ, temporisa Jacques qui ne s'était jamais entendu insulter de si près sans renvoyer un parpaing par retour du courrier) ils ont plein de fric et aucun goût, les 4 x 4 pareil, ça me rend malade — il ferma les yeux sur sa nausée, Jacques ferma la bouche sur sa prémolaire, il y avait quelque chose d'inquiétant à voir un homme parler avec tant de chaleur sans presque bouger les mains, un Méridional surtout, faussement posé, tout en lui débordait de passion, de fièvre, ce gars-là n'avait de british que ses voitures, il rouvrit les paupières, — j'ai la même horreur pour toutes ces scènes d'accident où on a bousillé des splendeurs, bravo le cinéma ! Je dois vous paraître dingue (ron ron, miaula Jacques), mais il n'y a plus guère qu'une Jaguar qui puisse m'arracher des larmes, c'est... Il s'arrêta, la roulette immobilisée dans la joue de son patient comme s'il s'agissait de la sienne, avec la même suspension réflexive que si une ébauche de pensée comateuse venait de le saisir au saut du lit tandis qu'il se brossait les dents, c'est...

— en i en al ? suggéra Jacques.

— Je vous ai fait mal, s'excusa l'autre, pardon ! J'ai presque terminé : je rebouche la cavité, et voilà.

Bientôt, Jacques put s'extraire du fauteuil. — J'aimerais beaucoup voir vos merveilles, relança-t-il aussitôt : la pêche avait été bien maigre, et c'était lui qui avait sur la langue un arrière-goût d'hameçon. — Quand vous voulez. Tout de suite, si vous êtes disponible : j'ai fini ma journée. J'habite à la sortie de Zigliara, dans les terres. Je vous emmène, mon jardinier vous ramènera...

Il alla chercher sa voiture au garage, tandis que Jacques attendait sous le piège à loups en examinant le contenu de sa musette : les Chambon avaient eu envie de changer d'air, ils avaient préféré Beyrouth, nettement plus sain pour le petit, ciao bye bye. Le détective grimaça : on la lui baillait belle ! Il regarda la rue avec mélancolie, leva les yeux. De toute façon, un type qui avait une enseigne pareille ne pouvait être qu'un menteur patenté.

La berline passait si juste dans la ruelle que les maisons semblaient s'écarter *in extremis* devant l'étrave. C'était une MK2 3,81 qui avait appartenu à Albert de Boissières ; ils en avaient gagné, des rallyes, elle et lui ; Zigliara-Mogdoul par la côte en deux heures neuf minutes, il fallait le faire ! Et quand le pauvre homme était tombé paralysé, son fils avait repris le flambeau ; « mais dans un pareil dédale, mieux vaut être prudent », ajouta-t-il avec un sourire triste. Les deux coudes légèrement pliés devant lui, attentif à éviter saccades et secousses, il conduisait la voiture de son père comme un fauteuil roulant. Des riverains le saluaient de la main en se plaquant contre le mur, des petits garçons poussaient des cris, des petites filles envoyaient des baisers avec des rires de coquette innocence. Des portes ouvragées dérobaient des escaliers, des cours, des mosaïques, des visages, des linges. Des échoppes cachaient des artisans, des femmes dont on n'apercevait que les cheveux, les mains, des enfants. Cela durait depuis l'éternité.

Peu après le deuxième embranchement — mais Jacques avait le sentiment qu'ils étaient déjà passés là — une charrette leur barra la route. Elle transportait une énorme carcasse de bétail couleur de sang noir. Mû par le sens esthétique de la priorité et la vague impression d'être en sens interdit, le charretier se rencogna poliment en assommant son âne à coups de casquette. Robert de Boissières avança. À la proue, le jaguar flairait la chair fraîche. Deux sabots ongulés vinrent battre le pare-brise et dégouttèrent sur le capot immaculé de la limousine. « C'est très pittoresque, dit Jacques André, toutes ces portes ouvragées, ces escaliers, ces mosaïques... » L'encre des tampons vétérinaires bavait sur la graisse. Des mouches bleues prenaient la pose autour des articulations coagulées. — N'est-ce pas, renchérit le conducteur. On se croirait dans un Delacroix. Vous recherchez des décors typiques pour votre scénario ? De la couleur locale ? — Non non, pas précisément, bafouilla Jacques en détournant le visage de la tête de veau posée à l'arrière du chariot. Je cherche des lieux mythiques. Des endroits qui font rêver.

La propriété de Robert de Boissières en était un. Une roseraie embaumait l'air. Des oiseaux se répondaient dans les feuilles. Plantations d'arbres, de fleurs et de fruits, tourniquets sur les pelouses, petits canaux d'irrigation, chats dormant sous les buissons, tout concourait à entretenir l'idée que la vie est belle. D'un autre côté, se dit Jacques, elle n'avait pas l'air vraie. Du moins sentait-on le mal qu'il fallait se donner pour tirer quelque chose du chaos, et le tohu-bohu qui régnait dans l'esprit du détective ne le prédisposait pas à admirer sans arrière-pensées la paix d'un cosmos bien ordonné, fût-il végétal.

La collection du dentiste était parquée sous un vaste hangar. Des allées immaculées séparaient les automobiles tels des pur-sang dans une écurie modèle. Leur robe avait le brillant des pelages bouchonnés, et Robert de Boissières connaissait leur stud-book par cœur. Jadis, il eût été chevalier et se fût consacré, comme ses pairs, à la chasse, à la guerre et à l'amour — y avait-il une différence, d'ailleurs ? Né plus tard, il en avait gardé l'équipage et prolongeait dans la conquête des femmes le goût de la vénerie, des combats : il recherchait les aventures. — Vous devez avoir un succès fou avec ces caisses-là, pensa tout haut Jacques en désignant du doigt au hasard la Jaguar rouge du bateau. — Je ne m'en suis jamais servi pour draguer, précisa le preux, non sans hauteur — il était à cheval sur les principes. — Of course, dit Jacques ; mais tout de même, ne dit-il pas, on a plus d'abattage sur un fier destrier que sur un vieux bourrin, non ?

Ils s'arrêtèrent devant chaque automobile. Robert de Boissières fournissait chaque fois un grand luxe de détails généalogiques avec le sourire modeste du châtelain qui fait visiter à un étranger sa galerie d'ancêtres. Leur nom, leur histoire, leurs titres de gloire, il n'omettait rien, pas même l'anecdote farfelue qui rend sympathiques et abordables les plus hautes figures du passé. « Cette Hispano-Suiza, par exemple, eh bien imaginez-vous qu'après-guerre elle a été transformée en voiture de pompier ; elle portait l'échelle et tout l'arsenal, vous voyez le tableau », jubilait-il comme si, planté devant le portrait d'une austère grand-tante à col montant, il signalait qu'elle s'était envoyée en l'air avec son garde-chasse, mais cela n'avait duré qu'un temps, à présent elle avait retrouvé son état d'origine, noblesse oblige... Jacques regarda son hôte, dont le profil perdait en acuité dans la chaleur du discours. Il n'avait rien du hobereau prétentieux content d'épater la roture, et pourtant il paraissait conscient d'appartenir à la race des seigneurs. Chaque aile étincelante, chaque chrome était comme le quartier d'un écu armorié sur lequel reposaient sa foi en lui, son assurance. Il tirait son sentiment aristocratique non de sa particule, mais de ses véhicules ; aucune révolution de l'âme ne l'eût aboli : il les avait dans le sang.

Une vieille bonne vint le prévenir qu'on l'appelait au téléphone. Jacques resta seul dans le parc où vaquait un jardinier qui lui tendit une main terreuse et s'enquit avec intérêt si toute la famille se portait bien, le papa, la maman, les enfants, Jacques le rassura. Il se fit montrer les plates-bandes et les serres. Le jardinier énuméra des dizaines de végétaux aux noms inconnus en expliquant leurs tropismes — l'un d'eux ne fleurissait qu'une nuit puis mourait. Le détective arpentait les allées, comment prétendre aller au fond de la psychologie humaine quand poussaient tant de plantes dont on ignorait jusqu'à l'existence, quand se distinguaient tant d'espèces qu'on eût toujours confondues — le yucca est vert sombre, le fica vert clair —, quand se révélait un si grand nombre d'exigences diverses sous les dehors les plus simples, c'est ce qu'il valait mieux ne pas creuser — il y en avait même qui se suicidaient, le pilosocereus maculata par exemple, mais vu sa tronche, ça n'étonnait personne. Au pied de chaque pousse était lisible une petite étiquette manuscrite qui rappelait celles qu'on fixe, dans les morgues, au gros orteil des macchabées. Près de la pelouse s'élevaient des bambous géants aux troncs couverts de graffitis. L.N., déchiffra Jacques parmi les coups de canif. Le jardinier avait bien essayé de poncer le bois sur les ordres de Monsieur, mais le mal était fait : les ami(e)s de Monsieur agissaient n'importe comment les soirs de bamboula. Le bouquet, c'était les cactus : leurs perforations n'avaient rien de naturel ! Seulement M. Chambon tirait sur n'importe quoi ! Quand il s'entraînait avec Monsieur, mieux valait passer au large. Jacques mit les doigts dans les trous de l'euphorbia canariensis, jaunissante et comme rongée par quelque fièvre tropicale, du 7,65 au bas mot, peut-être plus. Enfin, il fallait bien que jeunesse s'amuse. — Et ce bâtiment, là-derrière, qu'est-ce que c'est ? Un autre garage ? Une salle de tir ? L'employé tâtonnait un jeu de clefs à sa ceinture quand Robert de Boissières revint. « Non non, dit-il, il n'y a rien d'intéressant ici, des vieilleries... Allons plutôt prendre un verre, non ? » Jacques, tenu au coude par le dentiste en un geste qui participait à la fois de la courtoisie chevaleresque et de l'état d'arrestation, suivit le mouvement, non sans avoir jeté un coup d'œil à la porte fortement cadenassée du local, il n'avait pas l'intention de s'y casser éternellement — « volontiers » — le nez.

Une sorte de petite douve entourait la maison, la défendant des scorpions, derniers ennemis mortels. Ils l'enjambèrent et s'installèrent sous la véranda. Des coussins de satin rouge garnissaient le canapé. Des cœurs en dentelle blanche y étaient cousus, comme découpés dans des petites culottes, un cadeau, s'excusa Robert de Boissières en le priant de s'asseoir, difficile de refuser, vous comprenez. Jacques hocha la tête, il comprenait très bien : c'était sentimental.

— Vous avez des photos de Zigliara, des vues de ces dernières années ? J'aimerais m'imprégner de l'atmosphère, découvrir des maisons, des intérieurs. C'est toujours le plus difficile à prospecter, les gens se méfient.

Il avait des cartons pleins de photographies en vrac, clichés divers dont il n'avait pu débarrasser le plancher de sa mémoire mais qui, remisés dans une sorte de grenier mental, avaient cédé le pas à du mobilier plus neuf, si bien qu'il n'était plus vraiment capable de les situer dans le vaste espace de sa vie, de les *remettre*. D'une manière générale, lorsqu'il entreprenait de mitrailler un objet d'amour, c'est que ce sentiment touchait à sa fin : les choses passées au rang d'images sont déjà mortes. Robert de Boissières avait ainsi figé, juste avant de les vendre, les automobiles dans lesquelles il ne roulerait plus, et, peu avant de rompre, les femmes qu'il ne prendrait plus dans ses bras. La plupart s'estompaient derrière des flous, des poses, des contre-jours où elles s'effaçaient presque, ou bien au contraire étaient immobilisées dans des contours éternels d'où le temps et la réalité s'étaient retirés : c'était des photos plutôt pour éloigner que conserver, se détacher que s'aliéner, des clichés pour ne plus y penser ; moins des photos-souvenirs que des photos-oublis. Visages écornés ou fripés sur lesquels un verre avait parfois laissé un rond, sourires couillons d'invités qui s'amusent sur fond de musette et de cotillons, silhouettes au bord de la mer, bateaux sur le départ, passé qui ne dit plus grand-chose, négatifs. Jacques y mit les mains et les brassa comme du sable. La quantité l'effarait, rendant impossible une revue de détail. Beaucoup avaient été prises à l'occasion de fêtes ici ou là ; il y avait des déguisements, des danseurs, des gâteaux d'anniversaire et des sapins de Noël. Peut-être sa cliente figurait-elle dans le nombre ; il chercha un peu, ne la reconnut pas. Il dit son nom (le nom qu'elle lui avait donné) à Robert de Boissières — une amie qui a vécu à Zigliara voici sept ou huit ans — celui-ci fouilla dans les photographies, non, il ne voyait pas. Le détective n'insista pas, il n'était pas payé pour enquêter sur la commanditaire. Il posa le doigt sur une hanche nue en terre cuite et papier glacé, cette fête-là s'était déroulée chez les Chambon, c'était l'année dernière, à cette époque la statue décapitée avait encore sa tête ; là, c'est Simon costumé en Hercule ou en Ulysse, la soirée avait pour thème « la mythologie », on aime bien les bals masqués, à Zigliara. Jacques se pencha, feignant de s'apercevoir combien le salon de la villa était photogénique, l'arrondi — du mur rappelait complètement Mallet-Stevens — du bras levé sur lequel on avait dessiné au feutre des muscles bosselés encerclait une tête mince aux yeux maquillés, aux cheveux très noirs ; le torse étroit se bombait vers l'objectif, un pagne lâche lui ceignait les reins, dévoilant des jambes grêles, il faisait le pitre et singeait une puissance que son corps n'avait pas, et cependant tout son regard vous mettait au défi de prouver qu'il n'était pas né d'un dieu, qu'il n'était pas le plus fort. Après tout, oui, on l'imaginait volontiers partant du jour au lendemain juste une rame sur l'épaule, s'embarquant, détaché, pour d'autres cieux. L'énigme se trouvait ainsi résolue : les héros n'envoient pas de cartes postales.

À l'arrière-plan, la robe blanche du placard de la chambre à coucher épousait les formes d'une jeune femme blonde de profil, qui dansait. Le visage du cavalier était caché. Par sa taille, ce pouvait être Paul Durand, ou bien Robert de Boissières lui-même, ou bien n'importe qui que Jacques ne connaissait pas. Il fut jaloux comme un mari qui ignore l'identité de son rival, et l'angoisse née tout à l'heure dans les allées du jardin le reprit un instant, détective en herbe, graine d'abruti, il ne savait pas non plus le nom des gens.

— Là, c'est la dernière photo que j'ai de lui, dit le dentiste d'une voix dont deux glaçons, eux-mêmes en décomposition dans un Martini, cachèrent par leur tintinnabulement l'altération. Bien que très peu de temps séparât cette photographie de la précédente, Jacques vit un vieil homme aux cheveux gris, aux joues concaves et à la peau flasque, qui ne soutenait plus que par le regard la gageure de rire, de jouir, de bien se marrer. Comme un discours soigneusement préparé dérape soudain à l'insu de l'orateur dans un lapsus irrattrapable, la prestance de Simon Chambon avait subi une pression si forte qu'il n'avait pu y faire barrage ; ses yeux suivaient encore l'ancienne rhétorique, mais son corps le lâchait : son visage avait vieilli telle une langue qui fourche. Peut-être avait-il essayé de se reprendre, de rattraper le couac, mais la vérité était dite : il n'y avait plus qu'à trouver une chute, qu'à bien se barrer. Jacques prit un portrait dans chaque main, quel changement tout de même, il devait avoir des ennuis, non ? — Oh ! vous savez... Le dentiste s'interrompit, réfléchit, Jacques resta coi, justement non, il ne savait rien. Je crois qu'on ne vieillit pas progressivement, au fil des années, mais par à-coups, sans que ce soit forcément lié à des soucis. Cela étant, il avait des soucis, son fils n'allait pas bien... Mais de toute façon, à un moment on accuse le passé, on paie l'addition. C'était d'ailleurs la phrase favorite de Simon : chaque fois qu'on avait du bon temps, après un bon dîner, une fête, il disait : « Il faudra payer tout ça. Tout se paie. » Il avait peut-être raison ; soudain on cesse d'être jeune, et pan, c'est aussi brutal qu'une décharge de chevrotines, on prend du plomb dans l'aile : le coup de vieux, quoi !

Tout en parlant, il tapotait la dentelle fessue d'un coussin et lissait vers l'arrière une mèche rebelle, apparemment il n'avait quant à lui pas encore entendu la fatale déflagration du temps, le big bang de la sénilité ; il était toujours dans la course, pas près de se ranger des voitures. Jacques contempla de nouveau les deux photographies, qui formaient côte à côte une honnête publicité de la vie. AVANT-APRÈS : devenez chenu en dix leçons. Le déclin en huit jours. Le coup de vieux, oui, répéta-t-il en balançant les clichés sur la table comme un joueur de cartes qui a perdu la partie, le coup de vieux, pan.

Mais qui avait tiré ?

Il ne lui fut pas possible de subtiliser l'une des deux photographies afin de l'expédier à sa cliente. De toute façon, travesti ou décati, métamorphosé par le fard ou l'âge, il restait inaccessible et eût probablement été aussi méconnaissable pour elle qu'un visage sous le tulle d'une voilette pour lui.

Le jardinier faisait aussi office de chauffeur. Il le ramena vers la ville nouvelle, conduisant à la va-comme-je-te-pousse une 4 L de fonction qui, à vue de nez, servait surtout à convoyer le fumier nécessaire à l'épanouissement du marginato cereus marginatus. Non, il ne pouvait faire visiter le domaine plus en détail sans l'autorisation de M. de Boissières, non, pas même le hangar, non, pas même pour le cinéma. Les araucarias venaient du Chili, à l'origine ; on en avait planté en Mogdoulie parce que les singes ne peuvent pas y grimper. — Mais il n'y a pas de singes, en Mogdoulie, observa Jacques. Au Chili non plus, d'ailleurs. — C'est ce que je vous dis, dit l'autre. Le jacaranda fleurissait en septembre, toute la ville devenait violette ; quant aux palmiers-dattiers, la lèpre les rongeait ; Jacques en avait vu maintes fois, gracieux et sveltes, sur la Croisette ou même empotés dans le jardin du Luxembourg, mais l'évidence d'être *étranger* lui serra la gorge, il se sentit comme un bambou taggé, un ginkgo couvert de neige, un séquoia bonsaï, incompris et ne comprenant rien. Il fit arrêter la voiture au bord de la mer, il avait besoin de s'oxygéner, merci, il mit la main à sa poche, alors vraiment, une petite visite discrète..., le chauffeur secoua sa ramure, devint blanc comme un limbe dont on a sectionné le pétiole, non, pas même pour dix dollars, il leva vers le ciel un doigt noueux pour dire de se méfier du soleil ou bien que Dieu l'avait à l'œil, puis il repartit cultiver son jardin, il n'était pas du bois dont on fait les flûtes.

La plage la plus courue de Zigliara donnait sur une lagune. Les vagues battaient au loin un cordon de rochers, on voyait l'écume gicler par-dessus tandis que la mer intérieure avait le calme d'un étang. Des garçons marchaient le long de la grève, ceux qui étaient allés au lycée portaient un cahier à spirale. D'autres jouaient au football, ils étaient là tous les jours depuis des mois et n'envisageaient pas de faire autre chose. Le ballon était crevé. L'un des spectateurs rejoignit Jacques en petites foulées, sa mère était à l'hôpital, il fallait payer les médicaments, l'équipe avait besoin d'un ballon neuf et de maillots, c'était dur d'être un jeune, il aimait les hommes étrangers, il avait aussi un petit frère, bon, O.K., va te faire foutre, sale Français. Jacques accéléra, un bras tendu derrière lui comme pour empêcher l'insulte de lui sauter au visage.

Il marchait depuis un moment sur le sable, cherchant pourquoi le Dr de Boissières lui paraissait suspect, et de quoi, grands dieux, d'être le genre de type pour qui une fille en folie taillade sa lingerie fine et un jardinier dédaigne une grosse coupure, féodalité, droit de cuissage... ? Il avait la mine tout ce qu'il y a d'honnête, mais l'eau de la mer aussi semblait bonne à boire, et l'on en mourait tout de même, une douleur sourde se réveillait dans sa mâchoire, gagnant l'oreille, lorsqu'une voix se fit entendre contre vents et rumeurs, « J'attendrai, j'attendrai », il tourna la tête vers la corniche et vit Daniel Fortin qui faisait de grands signes en direction du large comme s'il promettait fidélité à une passagère que la marée remporte, j'at-ten-drai. Il se tenait dressé à la terrasse du *Cabestan*, le restaurant chic de la côte, à première vue rien d'étrange à cela, sauf qu'il était en tenue d'A — Jacques pila net — dans le plus simple app — Jacques s'approcha, par profession attentif à tout — indice que quelque chose clochait.

« Jacques André », le présenta Daniel à ses compagnons de table, un groupe de savants lapons venus enquêter sur la maladie des palmiers à l'initiative du C.I.F., ils avaient traversé le globe pour une proie dont ils n'avaient pas l'ombre. L'animateur culturel n'en menait pas large : il était vêtu en tout et pour tout d'un string à impressions camouflage trop petit d'au moins deux tailles et qui frisait l'indécence. Il avait la chair de poule. On l'avait chassé du paradis depuis plusieurs heures déjà. Ses hôtes arboraient néanmoins sur leurs faces aplaties des sourires débridés et décarcassaient des langoustes avec une aisance gloutonne ponctuée de grognements finno-ougriens. Sitôt Jacques arrivé, Daniel s'était rassis. La nappe était tachée de vin rouge, une chandelle éteinte dégoulinait de cire blanche pétrifiée. Le détective sentit qu'il devait prendre les rênes en main. Il était quatre heures de l'après-midi.

— Mais qu'est-ce qui s'est passé ? Que faites-vous dans cette tenue ?

— Ouh ! j'ai eu peur que personne ne vienne ! J'attendais, j'attendais, j'en avais des sueurs froides. Heureusement, Dieu m'a entendu, vous êtes mon sauveur.

Jacques croisa les bras, inclina la joue sur l'épaule.

— Figurez-vous qu'on m'a volé mon pantalon. J'avais laissé mes invités pour piquer une tête — je ne peux pas voir cette immensité sacrée sans m'y baigner — et pendant ce temps, un pauvre hère sans doute dans le besoin m'a dérobé mes affaires. Dieu lui pardonne... Le problème, c'est que mes clefs de voiture et mon portefeuille se trouvaient dans la poche. Le C.I.F. réglera la note plus tard, mais comment rentrer en ville ? Vous êtes motorisé ?

Le Sauveur fit non, il était à pied. Cela étant, il pouvait leur appeler un taxi. L'animateur lui attrapa les mains, ah ! tenez, il faut que je vous embrasse, mais si, mais si, vous êtes un frère. Jacques se dégagea de son consanguin ; par chance, le restaurant était presque vide à cette heure, quant aux Lapons, ils lampaient des huîtres sous d'autres latitudes. Le détective laissa tout l'argent qu'il possédait, cela lui serait rendu au centuple, puis il continua sa promenade, là-bas, vers la jetée. Adossée au contrefort, une femme voilée disputait à un moustachu râblé une pochette en plastique noir, une espèce de sac poubelle qu'il tenait serré contre lui, elle argumentait à grands gestes afin d'en obtenir la détention. Jacques relut son calepin : « Bonne pâte. » Voire... Il n'était plus sûr de rien. Certes, Fortin jouait les pieux chrétiens et les parfaits crétins, on lui aurait donné le bon Dieu sans confession, mais un détail à l'improviste venait de faire saillie. Selon Jacques

André, tout individu se composait un vêtement dont le visage était l'une des pièces ; ce costume avait généralement son unité, sa ligne, il constituait l'image que chacun prétend donner de soi aux autres, une enveloppe. Il s'agissait pour lui d'observer le tombé du tissu dont se drapait tel ou telle, afin d'y déceler par où cela godait, bâillait, péchait ; cette défectuosité, faute de mieux il l'appelait l'âme : un faux pli dans les apparences, un manque d'étoffe, des finitions ratées. L'âme n'était ni profonde, ni subtile, ni immatérielle : c'était un vice de forme. Par définition, toutes étaient damnées, grignantes, grimaçantes. Seules quelques personnes portaient avec grâce le surplis des anges, mais elles ne couraient pas les rues. Jacques hâta le pas, il avait le temps d'aller jusqu'au môle et de revenir avant le retour d'Hélène. Sa femme jugeait sa psychologie plutôt sommaire, il le savait, mais alors là, je regrette, un slip moulant imprimé safari sur une grenouille de bénitier, ça jure ! Sinon, autant ne pas s'étonner d'un canivet encadrant une photo porno ! D'ailleurs, une famille entière avait disparu ; en conséquence, aucun de leurs collègues, amis, relations ne pouvait être hors de soupçon, et surtout pas un grand dadais qui jouait les idiots du village. Méfions-nous des pantalonnades. Du bout du pied, Jacques enterra un crabe qui crapahutait vers la mer. Une galerie souterraine zigzagua au hasard. D'accord, il nageait complètement dans cette histoire, mais une chose demeurait claire : les dessous de l'affaire n'étaient pas catholiques.

Contre les rochers battaient trois immenses troncs d'arbres polis par le ressac. Un navire avait jadis fait naufrage au large des côtes, perdant son chargement de bois d'Afrique ? Ou bien étaient-ce les restes d'un radeau hasardé pour quelque fuite ? Certes, on pouvait souhaiter s'en aller d'ici, rêver, qu'on fût né là ou non, d'un monde plus plein, plus ouvert, plus riche. On n'avait qu'à regarder les ruines du palais Mosgam, à l'extrémité sud de la lagune, pour comprendre la ville. Du palais s'élevaient encore quelques murs, et même deux ou trois pièces couvertes et munies de portes fermées, mais le sable tapissait la piscine, et surtout, surtout, les marches du grand escalier descendaient dans la mer. Autrefois sans doute, barques et canots attendaient, amarrés, les invités du prince afin de les ramener en ville par un chemin plus romanesque que la route. Cependant, tout avait disparu, et ces degrés qui tombaient ne promettaient pas de retour. Le palais, la ville entière, à demi ensablés, formaient comme un monument funéraire dont l'océan était le caveau : mausolée à l'abandon, mal entretenu par une famille dispersée aux quatre vents ou pressée d'oublier. Peut-être y avait-il à Zigliara des gens heureux, des lycéens brillants, des couples qui s'aimaient longtemps. Mais dans l'ensemble le salut était ailleurs. Si chacun était la somme de ce qui est écrit pour lui là-haut, le parchemin de sa destinée s'arrêterait là en vagues molles, sur les marches dévidées. On ne repère pas facilement Zigliara dans l'atlas des pays humains ; il faut développer lentement toute la carte, et alors on la trouve : ville sans horizon, tout au bout du rouleau.

Jacques ne s'était jamais vraiment senti à l'étranger depuis son arrivée, sauf tout à l'heure face au jardinier (mais n'était-ce pas plutôt lui l'étranger, avec sa science exhaustive enracinée dans un sol réfractaire, sa mentalité de saxifrage étendant les ramifications de sa bonne conscience dans les fissures d'un monde en voie d'enlisement ?). Zigliara, en effet, n'avait rien d'exotique. Malgré le muezzin, les arcades, les voiles et le bleu des portes, on ne pouvait guère davantage y faire du tourisme que dans un columbarium. Tout le monde se trouvait là pour la même raison, berçant une absence, quêtant la trace d'un disparu, et si l'on s'intéressait un instant aux autres passants, à leur histoire, aux monuments qu'ils fleurissaient, c'était de rage ou par compassion, mais sans étonnement. Aux yeux du détective, Zigliara ressemblait à ces minuscules tapis de prière sur lesquels s'installaient, quelquefois pour longtemps, des vieillards au coin des rues. L'évidence d'être ignares, fragiles, insuffisants, délimitait leur rectangle de laine comme la mer le radeau, les remparts la ville, le lido la lagune. Seul le port allait et venait, restait debout. Partout ailleurs dans Zigliara, on était à genoux. On ne priait pas, ou alors sans y croire. On ne demandait rien. On constatait simplement le manque, la disproportion : l'infime ne reflétait pas l'infini, le tapis n'était pas un miroir du ciel. Zigliara n'abritait pas les conquérants, ou bien ils repartaient. On ne vivait là qu'en désespoir de cause, en pure perte. Dieu était grand, mais la ville était toute petite. Ville bâtie sur un leurre d'océan, un lagon de rêves perdus et de destins manqués, ville lacunaire.

Au retour, la marée refluait, laissant à sec des îlots de sable au loin, où vaguaient des promeneurs qui semblaient marcher sur la mer. Près de la jetée, le même couple discutait toujours avec âpreté, c'était maintenant la femme qui tenait le sac poubelle. Lorsque Jacques passa à sa hauteur, elle tourna la tête vers lui ; un pan de tissu noir masquait presque entièrement son visage, mais dans l'ombre l'œil criait — œil fardé des houris promis noir sur blanc par le Livre — dévoilant au travers de cette déchirure une âme violente.

Hélène n'était pas rentrée. Quelqu'un avait enfoncé dans la fente de la boîte à lettres une volumineuse enveloppe de papier kraft. « Comme convenu, voici mon œuvre la plus récente. Je te souhaite bonne lecture. Que penserais-tu d'un éventuel scénario ? Surtout, dis-moi la vérité. Boulequier. »

Jacques soupira, le monde tournait à l'envers, on lui demandait la vérité. Il s'assit, feuilleta le manuscrit. Le fondement du récit paraissait être l'idée que les chiens valent largement les hommes : plus fidèles, plus honnêtes, plus naturels en tout cas. Ils méritaient en conséquence d'assurer les rôles principaux dans le bildung's roman de la vie. L'œuvre, polyphonique, accueillait tous les styles, mêlait tous les genres : scènes champêtres où des chiots gambadaient en se faisant des niches, bouts-rimés dont la poésie n'excluait pas un ton franc du collier, « comment vas-tu, sens mon cul, Ça va bien, sens le mien », aventures picaresques mâtinées de lyrisme, tragédies canines, « Ô rage, ô désespoir », « Mon royaume pour un os », saillies mordantes. L'auteur ne manquait pas de culture, mais si les références livresques abondaient — Pif, Cerbère, Japy, Dingo, Rantanplan, Dagobert, j'en passe et des meilleurs — le récit gardait une nette coloration autobiographique : le héros n'était pas sans rappeler Kronenbourg. En première page, un avertissement tenait pour pure coïncidence toute ressemblance avec des personnes existantes ou ayant existé. Jacques réfléchit, ce détail lui mettait la puce à l'oreille. N'y avait-il pas en effet comme un aveu dans cette dénégation ? Si tel était le cas, il convenait de lire soigneusement entre les lignes et de donner à la fable une distribution appropriée. Le détective tourna les pages. Vers la fin, le conte s'aigrissait, devenait cynique. Une espèce de partouze monstre sonnait l'hallali, on se déchiquetait à belles dents comme si, nonobstant sourires et gambades, chacun n'avait cessé de réserver à l'autre un chien de sa chienne. Jacques se promit d'en résumer l'histoire à la Voilette, elle aurait peut-être des idées de casting, et de toute façon cela lui ferait toujours un os à ronger. Quant à lui, il consigna dans son carnet, à la lettre B, B comme basset, beagle, bichon, bull-terrier, braque, boxer, BOULEDOGUE, euh, BOULEQUIER : auteur de *La Meute*, roman à clebs. La tête d'Hélène si, en furetant, elle tombait sur ce calembour inepte ! Elle n'y comprendrait rien ! Il se cala dans son fauteuil et s'efforça de reprendre au début sa lecture. *La Meute* reflétait-elle des épisodes réels de la vie zigliaraine ? Pouvait-on établir un rapport entre le livre et la vie, entre la vérité et la fable ? Et dans cette hypothèse, qui étaient Laure, Simon et tous les autres, les chiens d'arrêt, les chiens courants, les chiens de garde, les chiennes en chaleur et les amis fidèles, les cabots, les toutous, les corniauds, les chiens méchants ? Où s'étaient perdus les chiens errants, où erraient les chiens perdus ?

VI

« La vérité ! la vérité, m'ssieurs-dames ! » Simon Chambon est à quatre pattes au milieu du salon et se traîne d'un invité à l'autre, langue pendante. Devant les femmes, il se redresse sur ses talons et fait le beau en poussant des ouaf comme un loulou qui mendie un sucre. « À vot' bon cœur, m'ssieurs-dames ! Un p'tit geste ! Un ou deux sous de vérité ! une misère ! » Il s'arrête face à Michèle Durand — ou bien Martine Fortin si à cette date elle ne s'est pas déjà enfuie avec son marchand de cacahuètes —, lui donne sur la joue une gifle légère, « la vérité, ma belle, allez, un effort... », il esquisse un autre coup, elle se lève, « allez, avouez que vous n'y arrivez pas, vous ne pouvez pas la dire, la vérité... Pourquoi tu le cries pas, que t'en as marre de ton mec, que t'aimerais bien changer d'air, hein ? Trop timorée, trop... » Il se remet d'un bond sur ses pieds, ajuste ses lunettes. Il a une vue parfaite, mais ses verres cerclés d'or vont avec le fume-cigarette et le smoking, de même que, d'autres fois, les Ray-

Ban d'un noir d'encre avec les rangers et le pantalon de treillis dont les poches, en fait d'armes de poing, abritent un reste de terre glaise ou des cachous, baroudeur ou dandy, cela dépend de l'humeur. « Et toi, Bébert, tu la fermes aussi ? Attention, mon vieux Bob, la vérité rattrape tout le monde au tournant. Tes bagnoles, tes succès, il faudra payer tout ça, un jour. TOUT SE PAIE. » Il hausse la voix tel le prédicateur en chaire au moment de la péroraison, dresse un doigt vers le ciel, personne n'est quitte, la maison ne fait pas crédit. « Mais c'est pas le bon Dieu de Fortin, le brave couillon avec le pardon et tout le tintouin, ainsi soit-il — amen, non, pas d'erreur, là-haut y a juste un épicier qui sait compter ! » Robert de Boissières se tait, il connaît le topo. Il est le meilleur ami de Simon (c'est du moins ce que celui-ci lui répète par vagues, preuve qu'il en a aussi de moins bons), de cette amitié fondée non sur une communauté d'intérêts ou un échange de vues, mais sur une parité d'exigences — ou d'illusions, peut-être. Selon le bibliothécaire, la vie est le chef-d'œuvre des hommes dans la seule mesure où ils lui donnent un *style*, comme aux livres. Il ne suffit pas davantage de humer l'air pour être humain que d'écrire pour être écrivain. L'autre lui a tout de suite plu, avec son blason de gueules à bande d'azur et jaguar debout : au moins ça vous a de la classe, du cachet, du chien. Sans doute confond-il les gosiers béants des édentés de Zigliara avec la troupe des Érinyes vociférantes, mais il lui semble que Robert a quelque chose de ses héros mythiques : une aptitude, parmi les miasmes délétères et les haleines putrides, à rester noble, à remonter des Enfers. Et ce talent n'appartient pas à tout le monde.

Simon, lui aussi, connaît bien le Royaume des Morts : il a vécu là-bas, à Beyrouth, au milieu des cadavres et des flammes. Il a sillonné la ville sans se soucier de mourir, cherchant seulement à protéger Laure et l'enfant lorsque ceux-ci le rejoignaient, les mois d'accalmie, allant porter ici et là un recueil de Verlaine, deux romans de Balzac, quelques journaux, car *qu'est-ce qui nous accompagne, et vraiment, quand la mort viendra, que reste-t-il ?* « On vivait vraiment, en ce temps-là, parole ! Dieu, que la guerre est jolie ! » Il aspire une bouffée de cigarette, yeux fermés, torse bombé, comme s'il inhalait des souvenirs. Quand d'autres en seraient brisés, ce passé lui donne de la force ; il déplace des montagnes, il a touché du doigt le secret des dieux, le soleil, le courage, il est tout parfumé d'absolu. Quelquefois, seul chez lui ou à la bibliothèque, il délaisse son travail ou sa thèse et compose un poème, une ode, un aphorisme. Il les jette aussitôt, n'ayant pas reçu d'Apollon cette corde à son arc. Mais il sait tout des héros et du prix à payer pour faire partie du club. « Des tricheurs, ouais, de sacrés tricheurs, voilà ce que vous êtes, mes agneaux. Des faux-monnayeurs, c'est ça, vous payez en fausse monnaie et ça vous emmerde que je le dise... Et là, personne ne moufte, hein, c'est plus sûr, vous avez raison, on est certain de ne pas se couper... » Il se ressert un scotch, regarde son verre, c'est toujours de ce puits-là que sort la vérité. Laure n'est guère présente, elle va et vient dans la cuisine puis s'affaire à l'étage où l'enfant dort, pourtant. Simon ne s'inquiète pas de la disparition de sa femme, d'ailleurs elle est partout dans la pièce, quelque mystère ancien l'a changée en statue.

À cette soirée assistent une vingtaine de personnes : des gens en visite, des touristes que les hôtes connaissent peu, des amis d'amis, des relations à qui ensuite on enverra de loin en loin une carte postale complètent le petit cercle des habitués. Les Zigliarains de souche sont rares parmi les convives, ou alors assez riches pour être partout chez eux, ou bien bétonnés dans un coin, trahissant ils ne savent qui ni quoi. On attend, semble-t-il, Gérard Tarin et son épouse. Ils ne viennent pas, ou très tard, presque au moment du départ, ils sortent d'une autre réception chez Pierre, Jeanne ou Catherine. Tarin ne s'assied pas, il reste debout, la tête au-dessus de la mêlée : tel Poséidon armé de son trident, il passe en coup de vent, toutes canines dehors, dans la villa qu'il loue à son subordonné, ce bibliothécaire un peu allumé dont la femme a des seins en poire. Sa femme à lui l'accompagne occasionnellement, le plus souvent elle réside en France où elle élève leurs quatre enfants — les Tarin ont quatre enfants, tous surdoués, éduqués dans des écoles spécialisées, c'est tuant, Maxence surtout leur procure du souci ; ils ont tous des noms d'empereurs romains. Quand Mme Tarin est quelque part, elle boit des Camparis. Par intervalles, elle agite les mains en tous sens, cherche des yeux le plateau de rafraîchissements que l'extra s'est lassé de promener. « Campari, Campari », crie-t-elle d'une voix fébrile en scrutant les dessertes, on dirait qu'elle a perdu son caniche nain. Tarin se prête charitablement aux mondanités d'usage, accepte de révéler en exclusivité le programme du C.I.F. pour le trimestre à venir. Isabelle est de passage à Zigliara, elle loge à l'Hôtel de l'Atlantique mais chut, elle tient à l'incognito, Tarin la pilotera discrètement dans la région, à l'abri des fans (c'est une vieille amie), ce pourquoi d'ailleurs il ne va pas tarder à se sauver. Il y aura aussi un spectacle de théâtre, du vrai, pas des amateurs, un *Ruy Blas* épatant, du grand art. Sur ces mots, il prend un air évasif et lointain, on sent qu'il a bien connu Victor. Tous opinent du chef. Certes, un jugement du directeur culturel demeure sujet à caution, l'excellente opinion qu'il a de lui-même permettant d'induire des lacunes dans son système d'évaluation. Cependant on l'entoure, on quémande une approbation, un sourire. Laure Nemours descend l'escalier, se dirige vers lui, le remercie d'être venu. Il grogne avec abnégation, mais non, c'est bien naturel : il a cédé à un élan généreux, il a eu envie d'accorder cette faveur à la maîtresse de maison ; prié à un repas, à un cocktail ou même à la noce de ce pauvre Daniel, il accorde sa participation comme une bénédiction, une aumône, une grâce ; chacun joint les mains de reconnaissance en l'apercevant. Il est le pain bénit de la convivialité, la providence des dîners en ville, l'hostie des raouts. Il offre sa bedaine à la dévotion générale — ceci est mon corps — on se l'arrache, on l'accueille dans la ferveur et l'extase : il fait une apparition. Sa venue n'est pas une visite, mais une visitation. Il n'est pas invité, il est reçu. Au fait, outre sa présence, il avait un autre cadeau pour Laure, des roses dont un horticulteur local inonde le C.I.F. dans l'espoir de décrocher commande pour une rénovation des jardins, il ne sait plus quoi en faire, malheureusement il a oublié la douzaine à la maison, elle n'aura qu'à venir les chercher. Enfin il récupère sa femme près du bar, « Livia, il est temps de partir », en réalité elle s'appelle Ginette, mais on n'en trouve mention ni dans la *gens* des Auguste ni nulle part ailleurs, ce n'est pas un prénom très porteur.

Simon Chambon recommence à faire le pitre. Il veut jouer au jeu de la vérité, c'est bien le diable si avec deux animateurs parmi eux on n'arrive pas à mettre sur pied ce petit divertissement. Cela se déroule comme dans *Les Tricheurs* de Carné, tout le monde a vu le film récemment au ciné-club du C.I.F. Le jeu consiste à répondre la stricte vérité à toutes les questions qu'on vous pose, n'est-ce pas une idée fascinante en cette fin de soirée qui s'étiole ? Daniel observe qu'il ne s'agit guère d'un jeu *de société*, que les occasions de brouille en sont au contraire favorisées, si on jouait plutôt au nain jaune ? « En vérité, en vérité je te le dis, tu n'es qu'un faux derche, mon ami, scande Chambon, tu ne crois donc pas à la Lumière ? » Il parle au goulot de sa bouteille comme dans un micro, quelques convives cherchent leur veste, leur sac, des lâches, ce sont tous des lâches. Même Robert n'est qu'un dégonflé. La preuve : ils avaient projeté un hold-up au Grand Hôtel de l'Atlantique un soir de réception, ils avaient tout prévu, hein Robert, s'entraînant même à tirer sur des cibles dans le jardin du dentiste, on aurait redistribué l'argent du coffre aux mendiants de Zigliara, on se serait ajouté à la longue lignée des cœurs purs, Prométhée, Zorro, Robin des Bois, on aurait essayé de ne tuer personne. — Alors, Bébert, c'est pour quand, l'aventure ? Aux orties, la prouesse ? — Tu sais bien que c'était pour rire, Simon. Toi-même, tu ne le ferais pas, si j'étais d'accord... Allons plutôt nous coucher. — Moi, je ne le ferais pas ? Moi, je me déballonnerais ? Regarde bien ça, mon petit Bébert, et vous tous, les faux-monnayeurs, soyez témoins, ça, est-ce que c'est pour rire ? Il lève haut la jambe droite, vacillant sur la gauche comme s'il effectuait pour un gage quelque test d'équilibre, retrousse son pantalon et exhibe un mollet de coq que la plupart ont déjà maintes fois contemplé et sur lequel d'anciennes et fines cicatrices blanches se dessinent en effet parmi de longs poils noirs, ça tirait de partout, ta ta ta tatatata, des roquettes, des bazookas, j'étais là, face aux miliciens, avec mes livres sous le bras, alors je l'invente, ma décharge de mitraillette, je l'invente ? Vous êtes des lavettes. Moi, je connais la mort et je n'en ai pas peur, je peux la regarder dans les yeux. Allez tous vous faire foutre, la voilà, la vérité !

— La vérité, c'est qu'il avait dû s'emmêler les pinceaux dans un barbelé une nuit de beuverie, ou se faire mordre par un clébard dans un bled quelconque quand il faisait de la retape à bord de son bibliobus. Avec un coup dans le nez, c'était le roi des frimeurs !

Boulequier lui-même avait un coup dans le nez, mais il s'agissait chez lui d'un état permanent et quasi biologique lié au caractère méconnu de son génie. La société ne le reconnaissant pas, il en était réduit, comme ce soir, à jouer les écornifleurs chez des bourgeois qui, sinon, ne pensaient jamais à l'inviter : il buvait pour oublier qu'on l'oubliait. Paul Durand servait le café — « C'est au maître de maison que revient de servir le café et les liqueurs » — il tenait la pince à sucre au-dessus de la tasse d'Hélène, un ou deux ?, un, dit-elle, elle ne prenait pas de sucre, d'habitude, mais il l'avait déjà laissé tomber. « Et en même temps, obséquieux avec le gratin ! Inimaginable ! Avec Tarin, par exemple, une vraie caricature de lèche-bottes. Il avait toujours l'air d'en attendre quelque chose... enfin, tu vois le style : un type très faux, qui se prétendait le chantre de la vérité. Et comme bibliothécaire, alors là, zéro pointé. Aucun goût littéraire ! On en avait assez du personnage, honnêtement. Sa disparition reste un sujet de conversation, mais bon, ça n'est pas une grosse perte. »

Hélène tournait et retournait sa cuillère dans sa tasse, agacée. Non content de s'être imposé au dîner après l'apéritif, Boulequier avait accaparé la parole et la bouteille de bordeaux. Elle le trouvait grossier et mauvaise langue ; mais certains artistes n'ont pas d'autre moyen pour être maudits que de se faire détester de tout le monde. Jacques, lui, buvait sûrement du petit lait : les bavards sont le repos du privé, les cancaniers sa manne, et les détectives ont en commun avec les moralistes et les flics de la Brigade des Mœurs d'accorder plus de crédit à la médisance qu'à l'éloge, de doter d'un plus fort coefficient de vérité toute parole cruelle. La femme de Paul se tenait assise au bord du canapé de son salon comme s'il se fût agi d'une salle d'attente de cabinet dentaire ou d'un parloir de carmélites, yeux baissés, mains jointes ; elle était effacée et même un tantinet nunuche, pas du tout le genre que lui avait décrit Jacques — Carmenissime, avait-il dit d'un ton évasif, pas mal mais trop... — les hommes préfèrent les blondes. Certes, elle était brune, mais vêtue d'un corsage sévère et d'un pantalon informe. Jacques lui-même avait semblé surpris. Il avait eu, les premières minutes, la mine désorientée du voyageur qui ne reconnaît pas les lieux naguère visités : manifestement la géomorphologie avait changé, on n'était plus à Séville pour la féria du siècle mais en Vieille-Castille pour la fête de Sainte-Thérèse — l'Espagne, terre de contrastes. Elle ne s'était presque pas mêlée à la conversation, sinon pour s'enquérir si tout le monde aimait la paella, signaler l'entrée imminente de Vénus en Lune noire et indiquer en servant les crevettes que son mari était né sous le signe des Poissons, ce qui n'étonna personne. — Et elle ? dit Jacques. Elle était comment ? — Laure ? Oh ! c'était une femme intelligente, certainement. Névrosée, bien sûr, mais ça... Élégante, s'occupant beaucoup d'elle. Une bourgeoise, quoi ! Les derniers temps, elle souffrait surtout des problèmes de son gamin, elle pleurait pour un rien... — Qu'est-ce qu'il avait ? — Bof ! Dieu seul le sait ! Une forme d'autisme, mais tardive. À la fin, il ne parlait presque plus. La guerre, peut-être..., là je veux bien le croire. C'est triste.

Boulequier s'interrompit pour verser une larme d'armagnac dans son café. « Hein, Paul, qu'est-ce que tu en pensais, toi, de Laure ? » L'animateur, jusque-là muet comme une carpe, eut tout du vertébré inférieur gnathostome qu'on vient de tirer de l'étang où il s'envasait pour le mettre sur les charbons ardents. Il s'agita vaguement dans l'épuisette, les ailes de son nez eurent un frémissement cartilagineux, puis il retrouva son sang-froid : — Intelligente, je ne sais pas. Disons qu'elle avait fait des études. Michèle Durand parut se cabrer, elle rentra le cou dans les épaules et s'arc-bouta contre le souvenir de la quatrième session de rattrapage du bac ibérique, son mari lui adressa un sourire de merlan frit — les hommes préfèrent les idiotes — elle le fusilla du regard, il devint gris, ses yeux tournèrent au vitreux, il n'avait pas l'air frais. « La paella était délicieuse, estima Boulequier en se flattant l'abdomen. Hein, Kronenbourg ? » Le chien n'avait pas touché à son assiette, il avait pété et roté sans discontinuer durant tout le dîner ; d'une manière générale, depuis qu'il était un héros de roman, il cabotinait à tout va. « Oui, vraiment excellente », renchérit Jacques. Sans aucun doute, il y avait anguille sous roche ; regards, pensées et arrière-pensées se croisaient mutiquement tels des bancs d'alevins en plein développement, mais mieux valait donner du mou pour l'instant. « Vous êtes une cuisinière hors pair », dit-il à la maîtresse de maison. Il était temps de noyer le poisson.

Ils parlèrent d'autre chose. Ils parlèrent de l'homme qui vit à Zigliara seul avec une guenon, on les rencontre quelquefois, à la nuit tombée, enlacés au bord de la mer. Ils parlèrent du curé qui, depuis quarante ans, exerce le métier de charpentier parmi ses frères de la vieille ville, croit-il faire œuvre utile pour sa foi, espère-t-il encore les convaincre ? Tout le monde sait bien, pourtant, que le musulman n'est pas convertible sur le marché des religions. Ils parlèrent du cadavre trouvé dans une maison de la côte, un préservatif enfilé à chaque doigt, affaire de mœurs évidemment, c'était il y a quinze ans, les faits divers sont rares à Zigliara. Ils parlèrent de Jimi Hendrix, venu là plusieurs fois chercher l'inspiration, non, la drogue n'est pas un fléau ici, du moins depuis la fin des seventies, un peu de kif, quelques cocaïnomanes, rien de plus. Chambon ? Non, lui il n'était accro qu'au *Four Roses*. Ils parlèrent des touristes qui surfent sur les vagues deux ou trois semaines dans l'année et puis s'en retournent, du climat, très mauvais pour les articulations, de Robert de Boissières, comme dentiste mieux valait l'éviter, du cinéma qui doit être un métier passionnant, ils parlèrent d'Orson Welles, des autorisations difficiles à obtenir pour certains lieux — Daniel Fortin avait réussi à louer le palais Mosgam pour son mariage, ça ne lui avait pas porté chance, sa femme l'avait plaqué peu après pour un vendeur ambulant. Ils parlèrent du prince dont on préférait ne pas parler, les murs ont des oreilles, du point de ralliement des étrangers en cas de révolution, des mesures préventives contre le choléra, du désert où les couchers de soleil sont si beaux. Ils parlèrent de l'homme qui étrangle tous les chats qu'il trouve, de celui qui dort dans sa piscine sur un matelas pneumatique doté d'un téléphone, des femmes voilées qui à l'occasion se dévoilent, ils parlèrent de quantité de gens pas filandreux, au caractère bien déterminé — mystérieux certes dans leur unicité, mais saisissables par cette unicité même, aussi faciles à comprendre qu'une exception par rapport à la règle, tout d'un bloc, étiquetables, rendant possible ce vieux rêve de poète, de dire l'essentiel en une phrase. Des gens qui ne posaient pas le problème de leur vérité puisque, à la fois inconnus et définis, ils étaient contenus tout entiers par la loi qui les formulait, ils devenaient ce qu'on disait d'eux : l'homme qui tue les chats, l'homme qui aime une guenon. Malheureusement, aucun de ces individus n'avait rien à voir — Jacques s'en assura — avec celui qui justifiait son enquête. Le milieu de Simon Chambon était moins marginal, moins pittoresque, et cependant il lui semblait infiniment plus complexe. Mais peut-être les choses ne sont-elles inaccessibles que dès l'instant où nous voulons les atteindre : le détective se souvenait combien Hélène lui était restée longtemps énigmatique quand tant de femmes lui avaient toujours paru simples, simplistes, simplettes. Que raconterait-on de Chambon dans un dîner de gens qui ne le connaîtraient pas ? À quel ouï-dire se résumerait-il ? L'homme qui a disparu, bien sûr. Et sinon ? Si aucun drame précis ne l'entourait ? L'homme qui sculptait sa femme, l'homme qui se prenait pour un héros antique, l'homme dont l'enfant était dérangé, l'homme qui voulait la vérité ?... Autant d'énoncés pathologiques servant de titres à des scénarios qu'on n'écrirait pas encore, faute d'images, mais qui permettaient d'esquisser une histoire à grands traits : c'était peu, mais tout de même mieux que les premiers jours, à se creuser les méninges devant la page immaculée sous ce bandeau débile : l'homme qui n'envoyait plus de cartes postales.

— Évidemment, dit Boulequier en le coinçant sur le perron au moment des adieux, tu n'as pas eu le temps de me lire, avec ce dîner à la con.

— Non, en effet. Laisse-moi une semaine.

— O.K. Concentre-toi, essaie de visualiser le truc. C'est fort, tu verras. À mon avis, ça peut décoiffer.

— Sûrement, fit Jacques.

Hélène regarda Boulequier, son visage hirsute et rubicond, il avait dû beaucoup lire et relire son manuscrit, à moins qu'il ne se fît chaque matin la raie au milieu avec un pétard.

— Tu sais, ne te laisse pas attraper à toutes les invitations : c'est un piège à cons pour les créateurs. Recueille-toi, médite, ne t'occupe pas des autres.

Sur ce conseil taoïste, Boulequier revint dans la salle à manger, tira de sa vareuse un sac plastique et entreprit de fourrer dedans tous les reliefs du dîner — Kronenbourg n'avait rien avalé, ça irait mieux demain.

La nuit était très noire, les rares réverbères de la rue ne marchaient pas. « Chéri, dit l'hôtesse à son mari, tu ne devais pas montrer des partitions à Hélène ? Elles sont au premier, vous n'avez qu'à monter, nous vous attendons au frais. » Hélène s'engagea avec Paul Durand dans un escalier identique à celui de la villa *Les Vagues*, Jacques vit disparaître ses jambes blanches. Kronenbourg faisait entendre dans l'ombre un bruit de bière à la pression, il avait des ennuis de prostate. Michèle Durand ouvrit la porte du jardin et congédia bête et maître, elle tenait à ses géraniums. Ils restèrent seuls. — Ouh ! il fait lourd, ce soir, dit-elle en agitant les pans de son chemisier. Et bon débarras ! Il est collant, non ? Elle eut un sourire de petite fille, cueillit une fleur d'hibiscus et la lui tendit, c'est pour vous, il la prit, elle était gentille. Il s'adossa au mur de la maison, est-ce que son mari... Soudain elle fut tout près de lui et sa langue fut dans sa bouche à tourner et retourner, il n'eut pas le temps de réfléchir. Plaquée contre lui, elle avait fermé les yeux et lui palpait le dos avec l'agilité digitale d'une aveugle qui déchiffre la carte du Tendre en alphabet Braille. Mais comme le temps pressait, voix bourdonnantes au-dessus d'eux, elle quitta bien vite les abords de Complaisance, passa les bornes des Petits Soins et, lui agrippant les couilles d'une main experte, accosta franchement en Constante Amitié ; une fois sur la berge, elle remonta sans lâcher prise afin de vérifier qu'on n'était pas tombé dans le lac d'Indifférence et qu'on était sensible. Jacques aussi avait fermé les yeux, saisi, un peu dérouté par la configuration du paysage, et déchiffrait l'atlas avec une vélocité moindre. Sentant néanmoins qu'il fallait mettre les bouchées doubles, il l'étreignit façon paso doble puis, sans s'attarder dans la plaine du Guadalquivir, gagna vite des régions plus escarpées, des sierras à leur point culminant, avant de redescendre ventre à terre vers des volumes plus doux, aux rondeurs hercyniennes. Partout régnait un climat typiquement méditerranéen. Enfin elle retira sa langue, sa paume, leva son visage vers le ciel étoilé : — J'ai l'impression que nous allons avoir une histoire, observa-t-elle posément, comme elle eût dit « de la pluie, de l'orage », du même ton prévoyeur et madré, cela devait être inscrit dans la Grande Ourse ou le Petit Chien, en tout cas il y avait de l'électricité dans l'air. — Tu connais ton ascendant ? susurra-t-elle, paupières chastes. Il répondit que non, quoiqu'il vît bien qu'il lui faisait de l'effet. Un jasmin voisin dégageait un parfum à mourir. Des lianes de Floride s'entrelaçaient aux branches des orangers. Il voulut la ressaisir, elle se débattit, taratata. Il n'était plus ni Taureau ni Lion (un soupçon Bélier, peut-être, tant sa machine de guerre le tenaillait encore), Vénus entrait en Lune noire, le Soleil en carré de Saturne, et lui tournait Bourrique. « Recueillez-vous, méditez, ne vous occupez pas des autres », préconisait son horoscope dans le *Mogdoul-Soir* de la veille. C'était facile à dire.

Hélène et Jacques André traversèrent la rue vers leur villa. Elle était plongée dans l'obscurité ; seule une traînée blanche éclairait un peu le ciel, comme une écume de la nuit. — Qu'est-ce que c'est ? dit Jacques en désignant les rouleaux de papier que tenait sa femme. — Des partitions de Bizet que Paul m'a donné à étudier, il les a prises à la bibliothèque.

— Montre. — Pourquoi ? Tu ne sais même pas lire la musique. Il laissa retomber sa main tendue. — Pour rien, dit-il. Pour voir.

Hélène monta se coucher aussitôt. Jacques resta en bas, il avait du travail à finir. La lampe diffusait sur la table un rayon de lune poussiéreux, les choses paraissaient vieilles, usées. Il engagea une feuille dans la machine à écrire — une Japy mécanique empruntée à Simon, dont le chariot titubait — tapa la date, mentit sur l'heure, puis s'interrompit. « Madame, mon enquête étant actuellement au point mort, j'envisage de mettre un terme à mon séjour ici. Pour l'affaire qui vous préoccupe, peut-être pourriez-vous entrer en contact avec la police locale, par exemple en vous prétendant de la famille des disparus : elle en sait probablement plus long que moi. En ce qui me concerne, je ne saurais m'adresser à elle maintenant sans éveiller les soupçons. En l'absence de corps, de traces de lutte, de sang, de vol, faute d'éléments probants, je ne puis que conclure à un départ volontaire quoique précipité, dont les causes plausibles sont aussi peu dénombrables que les plantes dans la nature ou les gouttes d'eau dans la mer. Bien à vous, Jacques André. »

L'index en suspens sur le M, sourcils froncés comme s'il mettait la première main au manuscrit de sa vie, il réfléchit longtemps. Quelles raisons avait-on de partir ? Échapper à quelqu'un, renoncer à un désir, espérer mieux ailleurs ? Y avait-il vraiment une logique aux actions humaines, un fil directeur qui, tiré, livrait l'issue du labyrinthe ? Simon avait-il fui une femme fatale, une agrippeuse de couilles à vous faire faire des cheveux blancs ? Laure un amant trop léger ou trop lourd ? Et pourquoi l'enfant était-il tombé malade, cessant de s'exprimer à l'âge de dix ans ? Fallait-il absolument extorquer au réel une explication ? Ne partait-on pas comme, aussi bien, on resterait ? Ne se taisait-on pas comme, aussi bien, on parlerait ? Pour rien, pour voir. « Je ne puis que conclure à un départ volontaire, à un silence résolu. Toutes choses étant égales, on ne les fait peut-être que pour voir, que pour savoir jusqu'à quel point elles sont faisables. Sans mobile apparent. »

Il se leva, alluma une cigarette, se servit un scotch, erra le long des rayonnages. Il aurait aimé mettre une cassette, réentendre la voix de Laure Nemours en bout de course, la réécouter, mais il craignait de réveiller Hélène. Celle-ci avait rangé le *Dictionnaire des Mythologies* parmi les ouvrages généraux. Il prit un tome au hasard, le feuilleta. Des pages manquaient, découpées avec soin ou, parfois, arrachées, laissant en guise de signet une dentelle vague. C'était dans les chapitres consacrés à Hercule. Le bibliothécaire n'avait apparemment pas la religion du texte imprimé, pour saboter de la sorte un beau livre ! À moins que ce ne fût l'œuvre de quelqu'un d'autre ? Et qu'avait-on fait des documents ainsi prélevés ? La villa était vide de tout

travail universitaire sur le sujet dont s'occupait Chambon. Travaillait-il à son bureau, dans les locaux de la bibliothèque ? Il faudrait s'y rendre, y jeter un coup d'œil. Il nota les numéros des feuillets disparus, regarda les illustrations, l'index, le glossaire. Les auteurs revenaient avec insistance sur le péché capital des simples mortels : la démesure qui les poussait à s'égaler aux Dieux, la dévorante curiosité qui les menait à l'abîme. Puis il revint s'asseoir devant la machine, « Madame... » Une femme de glaise tendait les bras vers lui, Eurydice ayant cru échapper aux Enfers. Qui, se retournant sur elle, l'avait forcée d'y redescendre ? Quelle faute avait été commise au service des Dieux ? Il la vit marcher parmi les gravats de Beyrouth, les terrasses tombées, les arbres abattus, les cris, les corps. Mourrait-elle là-bas, si elle n'était déjà morte ?
— Jacques, dit Hélène d'une voix ensommeillée, Jacques, qu'est-ce que tu fais ? Elle était toute nue en haut de l'escalier, à la fois sculpturale et fragile, prête à casser, à s'enrhumer, à rater une marche.
— Rien, dit-il, je réfléchissais. Va dormir, j'arrive.
Elle se frotta les yeux, remonta d'un degré, montrant son cul potelé, pareil à celui du bébé qu'un jour il lui ferait, quand elle voudrait, tout de suite par exemple, il avait hâte de voir la tête qu'il aurait.

— À ton avis, qu'est-ce qui lui est arrivé, à l'enfant ? dit-elle encore comme si elle demandait l'explication d'un fait divers obscur ou le dénouement d'un film. Il se leva, couvrit la machine de sa housse.

— Je ne sais pas. Pourquoi t'intéresses-tu à ça ? Elle bâilla, une main devant la bouche. — Comme ça, dit-elle. Pour savoir.

Couché à ses côtés, il la prit dans ses bras. Elle lui tournait le dos. Il s'endormit peu après elle, oubliant tout. Pour être heureux, les hommes, race malheureuse des êtres éphémères, devraient se contenter de ce qu'ils ignorent.

VII

Il est quatre heures de l'après-midi. L'enfant s'éveille d'une longue sieste — depuis des semaines il dort plus que d'habitude, dans ses rêves il est un héros. Ses parents n'ont pas pu l'appeler Hercule, ni Achille, ni même Ulysse, prénoms trop rares et qui prêtent à rire, Dieu sait pourquoi. Peut-être en revanche l'ont-ils nommé Tristan, parce que tous les enfants, si beaux, si doués soient-ils, à de certains moments sont tristes, comme s'ils se souvenaient.

Il entend une voix au rez-de-chaussée, un peu bizarre, méconnaissable d'être sans réponse, outrée malgré des pauses, avec ce même degré d'artifice que lorsqu'on répète une scène au théâtre, on dit plusieurs fois la même chose. Tristan se lève, descend quelques marches jusqu'à l'angle de l'escalier, regarde : c'est sa mère qui parle au téléphone. Elle est toute décoiffée, elle a les joues humides et, dans les intervalles de silence, sa bouche fait un arc de cercle pointes vers le bas, on dirait qu'elle fond. Il remonte d'un ou deux crans ; si elle le voyait, sans doute lui sourirait-elle, les pointes se relèveraient comme sur les visages des dessins animés, mais ce serait trop beau pour être vrai. D'ailleurs, elle n'aimerait sûrement pas être surprise ainsi, en général elle a l'air gai quand il y a des gens avec elle. « Mais l'enfant, dit-elle, l'enfant, crie-t-elle, tu ne le veux pas ? » Tristan s'immobilise, on parle de lui ? Ce n'est pas son père au bout du fil, pourtant : tout à l'heure elle a prononcé son nom, bien sûr que non, Simon ne savait rien, il ne comprendrait pas. Sa mère fixe avec mépris un cendrier sur la table basse, ses doigts s'enroulent dans le cordon du téléphone, « tu étais tout de même là pour le faire », la voix est plus douce malgré la colère du visage, on ne sait pas trop si c'est un reproche, Tristan s'assied sur une marche, la pierre le glace, il est comme son père, il ne comprend pas. Elle s'essuie les yeux, il se demande qui est celui qui fait pleurer sa mère, il a le cœur serré de jalousie : la seule fois où il l'a vue en larmes, c'était à Beyrouth, il avait quatre ou cinq ans, elle le tenait par la main et il s'était échappé pour courir après un chat dans les ruines. Il se souvient de ses sanglots, serré contre elle. Ce doit être une frayeur du même genre qui la rend si malheureuse : quelqu'un à qui elle tient et qui la lâche. Ou alors — l'idée lui revient soudain, rassurante — elle joue la comédie, elle répète son rôle. Il l'a déjà entendue réciter, oui, il en est sûr maintenant, quelque chose de tout pareil à ces paroles,

« les hommes ne savent pas ce que c'est qu'un enfant pour une femme », Tristan est démuni devant le mystère de sa mère, il ne sait rien, homme parmi les hommes. Qu'est-ce qu'un enfant, qu'est-ce que cet enfant qu'elle veut, qu'elle redit qu'elle veut ? Tout à l'heure il vérifiera dans le dictionnaire : c'est peut-être juste un problème de vocabulaire, les mots ont plusieurs sens parfois, si on ne les connaît pas on ne se comprend pas, et lui veut savoir ce que c'est qu'un enfant pour sa mère. Elle se tait un petit moment, le soleil tremble dans ses cheveux, blondissant quelques mèches tels des fétus accrochés là après qu'on s'est roulé dans la paille — et s'il l'emmenait à la campagne, est-ce que ça lui redonnerait le sourire ? Elle est toute droite sur le canapé, elle se mange la main. « Ce n'étaient que des mots, alors, finit-elle par hoqueter, des mots pour rien. » Elle écoute toujours, cependant, elle écoute de toutes ses forces : même les mots pour rien disent quelque chose. Puis elle redevient logique, elle a comme un sursaut de rigueur, un haut-le-corps, « tais-toi, je t'en prie, tais-toi, je ne peux pas supporter tes paroles. Si tu m'aimes encore, tais-toi ». Elle se bouche une oreille avec la paume, et l'autre, bêtement, avec le combiné du téléphone, elle ferme les yeux. Suit un silence prolongé, l'autre a dû obéir, il l'aime encore. Au bout d'un moment, elle le constate, et malgré cela n'est pas soulagée ; au contraire, elle se jette de tout son long sur le canapé, bras en avant, elle plonge dans le chagrin. La stridence de la tonalité emplit le salon, s'élève dans la cage d'escalier. Tristan s'enfuit jusqu'à sa chambre, où les pleurs de sa mère lui parviennent. « Tais-toi, tais-toi », dit-elle à nouveau — elle parle toute seule, Tristan aligne ses soldats en formation de combat — mais ses larmes redoublent, ses sanglots montent, car le silence aussi est insupportable.

Plus tard, elle viendra le voir à l'étage, elle s'assiéra à côté de lui sur le tapis — pan pan pan pan, fera-t-il en dépêchant vers l'ennemi une escouade d'éclaireurs — elle lui passera la main dans les cheveux, il lèvera le visage vers elle à contrecœur, elle se sera remis du noir aux yeux, et, comme il n'arrivera sans doute pas à faire semblant, elle posera un doigt sur sa bouche, elle sourira, il sentira son ongle au bout de son nez, chut, dira-t-elle doucement, il baissera la tête, il y aura déjà beaucoup de morts sur le champ de bataille.

Le soir, avant le retour de son père, il cherche le dictionnaire dans la bibliothèque du salon. Celui dont il a l'habitude est sur l'étagère du haut et il n'ose pas se faire remarquer en s'aidant d'une chaise. Il en attrape donc un en bas, à côté de l'*Encyclopédie des Mythes — Dictionnaire étymologique*, déchiffre-t-il sur la couverture ; c'est la première fois qu'il l'ouvre, il n'y a aucune illustration, il s'agit d'un ouvrage pour les grands, exactement ce qu'il lui faut. Il feuillette le début de l'alphabet sans s'arrêter à des mots qui pourtant l'attirent, croquignole, drèche, drelin, il n'a pas le temps aujourd'hui. Il trouve ENFANT — de part et d'autre dans la même colonne : ÉNERGUMÈNE, ÉNERVER, ENFER, ça a l'air classé par thèmes. Son cœur se serre déraisonnablement, de quelle douleur les mots seraient-ils capables quand ils ne sont pas pris dans des phrases ? Il approche le nez de la page, elle sent le vieux papier. Il lit : lat. *infantem*, acc. de *infans*, littéralement « qui ne parle pas ». Il reste un instant bouche bée, souffle coupé, réfléchissant à cette définition neuve, les yeux posés ici et là sans comprendre, ENDURER, ENGENDRER, ENDOLORIR. Puis soudain tout s'éclaire, il sait avec précision, et pour toujours, ce que sa mère attend de lui, ce qu'il peut lui donner en témoignage d'amour, ce qu'elle implore de lui et qui est son devoir, non pas tant des gestes, des bonnes notes, des cadeaux, des câlins, des regards que, baisé sur sa bouche, ce silence qui séchera ses larmes. Si tu m'aimes, tais-toi. Il lit la fin de l'article, referme le livre d'un coup sec — ENFOUIR, ENGLOUTIR, ENGOURDIR — il est décidé : les enfants ne parlent pas, il sera pour sa mère un enfant exemplaire. Taisez-vous, les enfants.

À l'usage, la chose n'est pas du tout facile, même si d'emblée elle paraît matériellement praticable. C'est un peu comme quand il a perdu Toufou, son premier chien. « Il est allé au paradis, a dit son père. N'y pense plus. » Pas si simple ! Il s'est d'abord concentré pour le chasser tout net de son esprit, l'a mis à la porte de sa mémoire, mais lui revenait toujours, à peine avait-il fait le tour du pâté de maisons qu'il grattait sur le seuil, comment l'abandonner ? Alors il a fallu se défaire de lui par petits bouts, le tuer à petit feu, opérer une lente et méthodique dissection des souvenirs. Ce qui a cédé le plus vite sous le bistouri de l'oubli, ç'a été son odeur, sa bonne odeur de chien mouillé : elle lui a échappé, et même après, avec Nounou, son épagneul, elle n'est jamais revenue, jamais pareille. Puis sa voix s'est effacée, son drôle de ululement quand il essayait de s'aplatir sous la porte ; puis sa couleur, la forme de ses oreilles, sa queue, ses yeux, il n'est rien resté, pas une touffe de poils, pas un soupçon de chagrin. Tristan compte s'y prendre de la même façon dans ce cas somme toute identique : se taire, c'est comme oublier ; on ne quitte pas d'un seul coup des mots qu'on a apprivoisés. Passe encore pour ceux qu'on ne connaît pas, il en coûte peu de les mépriser, d'ignorer à tout jamais le son que fait drelin drelin entre les dents, les mots sont chiens errants, on ne peut pas les adopter tous. Mais les autres, les familiers, les bien-en-laisse, il ne suffit pas d'ouvrir la portière et de les larguer au bord d'un terrain vague, eux qu'on a connus tout petit et qui, depuis, nous accompagnent. Tristan laisse donc parler son cœur. Il se débarrasse d'abord des mots qu'il aime le moins, les plus serviles, les trop bassement fidèles, les animaux domestiques de la langue. Il ne dit plus qu'il a faim, qu'il a sommeil, qu'il voudrait des frites au déjeuner et des sous pour s'acheter des billes. Il ne dit plus qu'il a eu quatorze en maths et qu'il a vu des super chaussures en vitrine de chez Rumi. Il cesse de dire bonjour, merci, à bientôt, ça va, d'accord, de toute façon il n'a jamais tellement aimé les mots qui lèchent tout le monde. Certains s'avèrent plus difficiles à quitter, les pourquoi, les comment, les qui, les quand, tous ces mots qui se cherchent et se flairent, ces mots qui constamment en appellent d'autres — il lui faudra des semaines pour s'en séparer. Il progresse, à son rythme, en terre inconnue. Il se souvient des autres détails de l'article ENFANT : « Italien *infante*, voir infanterie, fantassin. Enfant perdu : terme militaire, se disait depuis le XVe siècle d'un soldat hardi, tentant une mission périlleuse, en avant des troupes. » Il est fier de réussir cette dure épreuve. Seul dans sa chambre, il manie ses soldats, les entraîne à l'assaut, drelin drelin, ne tintent pas les quarts accrochés au barda, pan pan pan, ne détonent plus les mousquets, Tristan est à leur tête, conquérant un monde nouveau, enfant perdu, fantassin du silence. Parfois, il doute. Il conserve le plus tard possible, toute honte bue, quelques termes qui, certes, par leur qualité de réponse, témoignent d'une faille dans l'entreprise, mais dont la part de néant qu'ils contiennent autorise peut-être encore l'usage — non, rien, je ne sais pas — souffles, soupirs, dénégations, paroles d'absence frôlant l'absence de paroles. À la fin pourtant, il vainc cette faiblesse, mais qu'est-ce que tu as,

Tristan ? Tu es malade ? il secoue la tête, sourit : c'est tout le contraire, la victoire est en vue, bientôt il aura mérité le trophée, gage muet de passion pour offrir à l'aimée. Reste toutefois l'ultime combat, le dernier bastion : les mots-baisers, les mots-caresses, les chouchous, les chéris, les amis, les nécessaires, ceux contre lesquels on s'est toujours endormi blotti, les compagnons de jeu, les gardiens du sommeil — embrasse-moi, lis-moi une histoire, oui, encore, maman — les mots d'amour. Ceux-là, bien que brave, Tristan les craint. Mais un jour, il gagnera. Un soir, la lampe à son chevet s'éteindra sans qu'il ait rien dit. Il sera là, dans la nuit, les dents serrées. Il en mourra peut-être, ces mots-là sont si forts qu'on ne peut les tuer sans en mourir. Mais le but sera atteint : la mort, c'est du silence. Alors — Tristan le sait, cette pensée le soutient — son devoir accompli, il se reposera. Il aura percé le front, rompu les chiens. Dès cet instant, le silence ne sera plus une épreuve, mais trois fois rien, une évidence. Se taire sera une bagatelle — un jeu d'enfant.

VIII

Il y avait deux lettres au courrier de l'après-midi. Jacques ouvrit la première, reconnaissant sur l'enveloppe l'écriture de sa cliente. Elle lui renvoyait son dernier rapport, dont le caractère succinct le mit d'autant plus mal à l'aise qu'elle y joignait un mandat conséquent. Il parcourut sa propre prose, le bref résumé qu'il avait fait de la soirée chez les Durand, du moins de la partie qui la concernait, et sa proposition de résilier le contrat — l'enfant avait cessé de parler, lui allait cesser de chercher. Il eut honte soudain, à la relecture, du tour de ses phrases, de leur ton sec et détaché. On eût dit un rapport d'autopsie concluant à un arrêt des fonctions vitales, à une mort clinique dont les causes indéterminées invitaient à classer le dossier. Au bas de la page, sous sa signature, la Voilette avait griffonné quelques lignes — c'était ce qui s'appelait répondre par retour du courrier ! Elle le sommait de ne pas enterrer l'affaire, elle voulait qu'il creuse encore ; une espèce de paraphe illisible fermait le message, un C peut-être, un L aux contours embrouillés, Complètement Louf. Il soupira, empocha le mandat. De toute façon, Hélène se réjouissait du récital qu'elle allait donner à Mogdoul, elle avait retrouvé ici la passion de chanter, et la maison était louée jusqu'à la fin du mois. Ce ne serait pas la première fois qu'une enquête dériverait mollement pour s'échouer en bout de vague, à moins d'un miracle ; que celui qui n'a jamais été vaincu lui jette la première pierre !

Le miracle s'annonça modestement par voie postale mais dans les meilleurs délais sous la forme d'une note de téléphone. La seconde enveloppe contenait en effet un avis des P.T.T., véritable hymne au progrès mogdoulien, par laquelle le service public se félicitait de sa haute technologie en adressant à l'abonné Chambon, à compter de ce trimestre et conformément à sa demande, une facture détaillée : la communication avec autrui s'avérant parfois difficile, mieux valait se doter d'outils performants. En outre, on faisait ainsi pièce à toute erreur, sans parler des fraudeurs, des menteuses et des infidèles. Jacques hocha la tête. Simon Chambon s'était donné la peine de réclamer des précisions : il voulait bien, selon sa formule favorite, payer le prix, mais — et le détective était mal placé pour le lui reprocher — il voulait savoir pour quoi.

La liste des numéros appelés était longue mais peu variée. Grâce à l'annuaire famélique resté sous le téléphone après la coupure de la ligne, Jacques retrouva par déduction l'identité de presque tous les correspondants. Le standard du C.I.F. ou de la bibliothèque revenait régulièrement, ce qui n'avait rien d'étonnant. Fortin, Tarin, Boissières surtout avaient été contactés à plusieurs reprises à leur domicile ou sur leur lieu de travail, Boulequier une seule fois — ce n'était pas le genre de type qu'on a besoin de sonner pour le rencontrer — et, plus surprenant, Durand jamais. Sans doute la proximité des deux villas suffisait-elle à expliquer un tel silence, mais le détective se promit d'y réfléchir. Cependant l'essentiel était ailleurs : les trois jours précédant la disparition, les Chambon n'avaient passé aucun coup de fil, sauf un, la veille, à... — Jacques consulta fébrilement son relevé — à Robert de Boissières, chez lui. Il était donc peut-être la dernière personne à leur avoir parlé, à l'un... ou à l'autre. L'avait-il confié à la police ? Avait-il rendu compte de l'entretien, et dans quelle proportion de vérité ? Le mieux serait évidemment d'entrer en relation avec les enquêteurs locaux, d'avoir accès au dossier, ainsi qu'il l'avait suggéré à la Voilette. Mais sous quel prétexte ? Il grimaça. Non, vraiment, personne ne l'aidait. Il était seul et sans secours.

On sonna à la porte. Il cacha le courrier entre deux pages de l'annuaire, se refit vaguement une raie à la hidalgo dans le petit miroir de l'entrée et alla répondre.

C'était un homme gros et court, le visage coupé

en deux par une moustache tirée au cordeau et vêtu malgré la chaleur d'un imperméable ceinturé. Il lui tendit la main comme on braque un revolver — Inspecteur Bouarfa, deuxième département — puis se dirigea vers la maison du pas mesuré dont usent les fonctionnaires de police pour évaluer, avant toute chose et jusqu'à plus ample informé, la distance qui sépare le corps de la porte, de la fenêtre ou de la baignoire. Même en dehors de leur service, en promenade dans les bois, en vacances à la mer, les flics vont d'un point à un autre. Ils ne se baladent pas, ils arpentent. Ils ne flânent pas, ils balisent : tout l'espace est rempli d'indices, la terre entière est le lieu du crime. Jacques André connaissait bien cette démarche, mais n'en jugea pas moins inquiétante une telle entrée en matière.

Aussitôt franchi le seuil, le visiteur jeta un coup d'œil circulaire au salon puis alla se poster près du bow-window comme pour s'assurer que personne ne l'avait suivi. Jacques s'assit et le regarda dérober sa panse dans les plis du rideau : il se prenait peut-être pour Philip Marlowe, mais il ressemblait davantage au commissaire Bourrel.

— Bien. Puis-je voir votre passeport, monsieur André ? dit-il après un moment d'intense suspense.

Jacques le lui tendit. Il le feuilleta, son regard allant et venant du suspect au document comme s'il vérifiait sur l'un les informations fournies par l'autre, yeux verts, 1,83 m, col de chemise 41, poids moyen, Reebok dernier modèle introuvable à Zigliara sauf en contrebande, montre waterproof, marié sans enfants, prénom : Jacques, père : Gaston, arrière-grand-père : Raoul, et qu'est-ce que vous faites dans la vie, monsieur Jacques ?

— Eh bien, euh, je travaille dans le cinéma, je cherche des lieux de tournage, des idées de décor.

— Qui est votre employeur ?

— Je suis free-lance.

L'inspecteur n'eut pas l'air de bien saisir, mais il griffonna dans son carnet, la mine entendue, quelque chose entre thriller et frileux, il voyait le genre. Jacques, de son côté, ne restait pas inactif, 110 kg, 45 fillette, un rigolo sous l'aisselle, fin de carrière poussive et aucune sympathie pour les Européens, heureusement rares, qui n'ont rien à se reprocher.

— Vous êtes parent de Simon Chambon, le précédent locataire ?

— Absolument pas. Je ne sais rien de lui, sinon qu'il a disparu, bredouilla Jacques, ébranlé par sa propre sincérité (il n'avait pas l'habitude de dire la vérité à la police). Sur la cheminée, Louise Brooks tournait la tête avec dédain.

— En effet. Je me suis occupé de l'enquête. Pour l'instant, l'affaire est au point mort ; le consulat — votre consulat — réclame un complément d'informations... On ne sait jamais, un élément nouveau peut survenir ; alors, si par hasard vous tombiez dans la maison sur quoi que ce soit d'intéressant, si vous receviez du courrier, des visites pour lui, des coups de fil — il se leva, décrocha le combiné, ah non, la ligne a été coupée — enfin, il faudrait nous le signaler aussitôt, n'est-ce pas ?

Le poussah ne quittait pas Jacques des yeux, cherchant, entre sa braguette et sa pomme d'Adam, à forcer le placard où sommeille en chaque individu le squelette de quelque vile action passée.

— Je n'y manquerai pas, monsieur le commissaire, le promut Jacques. Je serais ravi d'aider la police, d'autant que c'est palpitant... J'ai rencontré des amis à lui, mais personne ne sait rien, apparemment. C'est bizarre.

Aux prises avec son inconscient cinéphilique, l'interlocuteur hésita entre l'air bonhomme de Michel Simon dans *Drôle de drame* — vous avez dit « bizarre » — et le silence buté de Clint Eastwood juste avant de sortir son feu. Finalement, il opta pour une resucée du *Chien des Baskerville* et entreprit d'expliquer à cette andouille de Watson tout ce qui lui avait échappé. Jacques accepta le rôle.

— Ce n'est pas bizarre : c'est seulement que personne n'a vu les Chambon dans les jours qui ont précédé leur disparition. Ils se sont pour ainsi dire coupés du monde, ne sortant pas, ne répondant pas au téléphone, mais je persiste à penser qu'ils étaient chez eux. Lui avait pris un congé-maladie. Le dernier à l'avoir aperçu, c'est le concierge du C.I.F., le dimanche soir. Il s'est fait ouvrir la bibliothèque, y est resté un quart d'heure. Le gardien n'a rien remarqué, ne sait pas s'il a emporté quelque chose. Selon moi, c'est la preuve que le départ était prémédité : on n'a pas retrouvé ses papiers, sa thèse. Et le lundi matin, il n'a pas repris le travail. Un coup de tête, d'après le dentiste, vous savez, Boissières... C'est lui qui a établi le certificat médical, rage de dents. En tout cas, s'ils ont quitté le pays, bravo les douanes : on n'a aucune trace d'eux à aucun poste frontière. Voilà ce qui continue de me chiffonner, moi, conclut-il tandis que son visage en effet se plissait, se roulait en boule tel un torchon qu'on met au sale.

— C'est fascinant, dit Jacques, écarquillant les yeux comme une apprentie coiffeuse qui dîne pour la première fois avec un chirurgien célibataire.

— M'ouais... L'autre s'extirpa de son fauteuil, une lueur de méfiance sous la paupière : il avait les tantouzes en horreur, et de ce point de vue-là Watson n'a jamais été clair. Après avoir métré l'espace compris entre la table et les étagères, il compulsa quelques livres, regarda les cassettes, ouvrit un tiroir, il était en terrain conquis. Gratouillant le bout de son flingue en bandoulière, il resta campé une bonne minute devant la statue sans tête, produit typique de la dégénérescence occidentale mais pas trop mal gaulée. Lorsqu'il revint vers le téléphone, Jacques frissonna du même frisson que jadis, assis sur le tapis, bouche ouverte, quand Bourrel...

— Bon sang, éructa Bouarfa en assenant un coup de poing à l'annuaire, je suis sûr que la solution de l'énigme est toute proche. Je compte sur vous, soyez attentif, dit Souplex, l'index pointé vers le spectateur perplexe.

Jacques raccompagna le limier jusqu'à la porte, s'assura à travers le treillage qu'il quittait la place — une Mercedes déglinguée l'emporta avec difficulté. Avant tout, récupérer la facture de téléphone et vérifier les numéros inconnus.

L'épicier du coin disposait d'un appareil grisonnant dont le film gras rendait amèrement palpable le temps qui passe. Jacques s'empara du combiné et commença, accoudé au comptoir, de composer un à un les numéros non identifiés. Le premier s'avéra correspondre à une pizzeria qui livrait à domicile — c'est une erreur, dit Jacques. Il y eut ensuite l'école Monet, le cabinet d'esthétique Rajaa — c'est une erreur. L'épicier rangeait des tomates au fond d'un cageot, la mâchoire lourde : dans sa vie, il en avait vu des vertes et des pas mûres. Le détective fit le dernier numéro, celui qui revenait plusieurs fois à intervalles rapprochés. La voix de Paul Durand résonna à son oreille — ici Paul Durand, animateur culturel — ce devait être sa ligne directe au C.I.F. ; il raccrocha, se tourna en souriant vers l'épicier, c'était une erreur. Celui-ci ne voulut pas accepter de paiement pour un engin aussi sénile, les choses c'est comme les fruits, au bout d'un moment ça se gâte. Il lui montra une dent hésitante qui frémissait doucement à la gencive supérieure tel un mouchoir sur un fil.

Jacques André se rendit ensuite à pied à l'Hôtel

de l'Atlantique. Il y avait rendez-vous avec Fortin qui, à la demande du « chasseur de lieux », devait lui ouvrir la bibliothèque du C.I.F., beau bâtiment demeuré clos depuis la disparition de Chambon. Tarin ne s'était pas opposé à cette visite ni à un éventuel tournage pourvu qu'il apparût au générique, Jacques s'était récrié — il n'aurait pas affaire à un ingrat — merci Gérard.

Il arriva en nage au bord de la piscine. Hélène était en train de descendre l'échelle métallique à reculons, elle avait la nuque toute rouge, est-ce qu'elle se protégeait suffisamment du soleil ? Non loin de là, moulée dans un maillot luisant, Michèle Durand prenait des poses de sirène amphibie, l'ayant aperçu, elle étira un bras ambré et frappa plusieurs fois ses quatre doigts réunis sur le gras du pouce, geste que les sémiologues en herbe alentour interprétèrent soit comme un appel au maître d'hôtel, soit comme un entraînement atavique aux castagnettes, voire comme un bonjour au nouveau venu qui, de son côté, décoda sans équivoque une intimation au silence, quelque chose comme « motus et bouche cousue » et, tel le rusé Ulysse, contourna le bassin par l'autre bord. Robert de Boissières était assis dans une chaise longue, une casquette sur la tête ; avant-bras tendus à hauteur de la poitrine, il tenait devant lui un magazine, ce qui lui donnait l'air d'être encore dans une voiture de sport — il y a des gens qui ont le chic pour transformer n'importe quel siège en cockpit de Ferrari, c'est ainsi, *cosa mentale*. À côté de lui, dans une position identique, mais sensiblement plus concrète qu'une simple vue de l'esprit, bâillait une jeune fille brune — pas la même que celle de la vente aux enchères, nota le détective — qui, malgré l'ennui écrasant de l'après-midi, ne se rebellait pas contre la lenteur des heures ni l'indifférence des cœurs, persuadée que seul le Temps (dont elle avait largement usé pour assortir ses ongles et ses lèvres au rose de son bikini) permettait, dans son déroulement souverain, au vernis de sécher et aux hommes de tomber amoureux. Elle arborait donc, en regardant arriver Jacques comme une rangée de platanes qui défile, la mine du copilote confiant dans l'issue de la course, mais l'œil, parmi tant d'orgueil, gardait trace d'une inquiétude plus grande, celle de n'être pas, de n'être jamais aux commandes du cabriolet de la vie, d'occuper toujours, dans le brillant voyage aux horizons mobiles, la place du mort, d'être *passagère*.

— Alors, comment va cette canine ? demanda Robert de Boissières en mettant pied à terre, examinant Jacques comme si toute sa personne se réduisait, du haut jusques en bas, à un bout d'os un peu pâlichon.

— Vous ne travaillez pas, aujourd'hui, grinça celui-ci. C'est relâche ?

— Non non, je vais y aller, j'ai des rendez-vous à quinze heures. On ne vous voit guère, dites-moi.

Vous fuyez le soleil ? Vous êtes un homme de chambre obscure ?

— Pas spécialement. Tous les lieux m'intéressent — cette piscine, par exemple, a beaucoup de charme — il souleva du pied un morceau de faïence qui s'émietta : le décor aussi a ses caries. Non, mais là j'ai été retenu par un policier, l'inspecteur Bouarfa, qui est passé à la villa. Vous le connaissez, à ce qu'il m'a dit...

Le docteur, pour la plus grande satisfaction de Jacques, blêmit sous son bronzage, il se frotta pensivement la joue : début de rage de dents, peut-être ? Non, pas spécialement, il n'était pas de ses intimes, il l'avait interrogé, comme les autres. Qu'est-ce qu'il voulait ?

— Oh ! rien. M'embaucher comme enquêteur. Que je fouille la maison de la cave au grenier, que je bêche la pelouse, que je fouine... Non, je plaisante. C'est un lieu passionnant, remarquez. Beau cadre pour un polar... « Crime à la villa *Les Vagues* », « Meurtre dans un jardin en friche », je vois ça très bien... Mais excusez-moi, je parle de vos amis...

Le dentiste eut un geste évasif et remonta en voiture. Jacques salua et, pas mécontent de lui avoir mis des bâtons dans les roues et du brouillard sur son pare-brise, entreprit de trouver Daniel Fortin. Hélène nageait en appliquant à la lettre les consignes qu'on lui avait données quand elle avait six ans.

L'animateur se promenait du côté des tennis avec une longue perche en bermuda, le visage détruit. Livia Tarin était en visite à Zigliara, sans sa géniale progéniture qui effectuait à Paris un stage pour Q.I. supérieurs à 150, elle avait voyagé avec « Alain » dans l'avion, il résidait à l'hôtel mais chut..., elle-même s'envolait le lendemain assister aux Internationaux de golf à Deauville, elle menait une vie trépidante, quoique visiblement pas tout à fait assez comblée pour pouvoir se passer de Valium. Elle venait d'écraser ce pauvre Daniel au tennis, deux roues de bicyclette, mais il l'avait sûrement laissée gagner. Jacques sourit ; à le regarder porter sa raquette, on en doutait : il avait l'air de manger une gaufre. Hélène les rejoignit, toute ruisselante sous sa serviette de bain. — Daniel t'a dit que le récital était avancé à samedi ? Nous partons dès demain à Mogdoul pour tout régler sur place, la sono, les éclairages... J'ai un de ces tracs ! Tu ne viens pas avec nous ? — Je ne crois pas, mon ange, répondit Jacques en lui frictionnant le dos. Je ne suis pas en vacances, moi. D'ailleurs, quelqu'un de la production risque de débarquer ce week-end, il faut que je sois à pied d'œuvre. Mais pourquoi ne chantes-tu pas ici ? Hélène sautillait d'impatience sur la pelouse : — Mais parce qu'on commence *toujours* par la capitale, voyons ! Bon, je m'habille et je file répéter. Vous m'emmenez ? Elle fit une espèce de petite révérence devant Mme Tarin dont la bouche tombait affreusement — comment en arrivait-on là ? — et s'enfuit — une biche.

Un peu plus tard, ils longeaient le bassin en direction du hall. Michèle Durand s'essayait au dos crawlé, recommandé pour les lombaires. Hélène la salua de la main. Jacques s'accroupit, trempa les doigts dans le clapotis bleu où agonisaient des guêpes. Elle n'est pas si chaude que ça, dit-il. En tout cas, si « Alain » était Delon, sa cote avait bien baissé depuis *Rocco et ses frères* : l'eau ne faisait pas plus de 18°...

La bibliothèque était située dans l'enceinte du C.I.F., mais très à l'écart des autres bâtiments. On apercevait de loin, au fond du parc, sa façade néoclassique à colonnes, qui vous donnait l'impression de vous diriger, à travers les arbres, vers un temple d'amour, non ? dit Jacques à son guide dont le front se rembrunit — c'était un lieu de culture, pas de rendez-vous galants — oui, bien sûr. Il tourna la clef dans la serrure, ils entrèrent. La salle de lecture était obscure et fraîche, Jacques eut la chair de poule, son cœur s'accéléra comme s'il pénétrait dans un mausolée, une chambre défendue, une morgue, le cabinet de Barbe-Bleue. Fortin alluma le plafonnier. — Vous voulez que j'ouvre les rideaux ? — Non non, ce n'est pas la peine, je vois très bien.

De quelle décision cette pièce avait-elle été le

théâtre, ou de quel dénouement, il l'ignorait, mais il la sentait propice à faire tomber les masques. Les nombreux volumes rangés le long des murs paraissaient des confidents prêts à livrer leur témoignage. Jacques en prit un, le feuilleta. Une poussière s'échappa des feuilles telle une buée de lèvres qui s'ouvriraient pour parler, après un long hiver. Quoique n'ayant pas beaucoup lu, le détective éprouvait du respect pour les livres : rivaux en quelque sorte dans la quête d'un sens, collègues plus doués au service de la vérité, ne réussissaient-ils pas toujours là où lui-même pouvait échouer ? Une fois de plus, dans cette bibliothèque, il se demanda en vain ce qui était arrivé à Laure Nemours, à l'enfant, et il effleurait de la main les couvertures alignées comme si, sous l'une d'elles, se trouvait la réponse.

À la lettre C, il chercha les œuvres théâtrales de Claudel, tourna quelques pages de *Partage de midi*, « Ah ! c'est bien bon après tout de penser que nous allons mourir, et que personne ne peut plus entrer et que tout est fermé sur nous ! Il n'y a plus personne pour m'injurier et pour me faire de la peine. C'est vrai, tout ce que j'ai l'air d'avoir fait ! Est-ce moi, dis, ou est-ce une autre ? »... Il n'osa pas l'emprunter, le reposa. Son regard fut arrêté par un gros volume sans nom d'auteur : MYTHOLOGIES, ouvrage collectif sous la direction du professeur Malandrin. Que faisait cet M égaré parmi les C, alors que — il s'en assura rapidement — le classement semblait par ailleurs impeccable, indiquant même un souci plutôt maniaque de l'ordre, à l'exception aussi toutefois, de l'initiale R, dont les livres correspondants n'étaient pas alignés au bord des rayons mais reculés, repoussés tout au fond contre le mur ? On eût dit une manière de rébus, et... — Je pensais que c'était l'architecture qui vous intéressait, remarqua Fortin sans se détourner de la fenêtre d'où, à moitié drapé dans un rideau, il regardait dehors, à croire qu'il avait des yeux derrière la tête. — Oui oui, enfin, c'est plus complexe, je cherche à comprendre l'espace, je m'imprègne. Vous êtes pressé ? Vous n'avez qu'à me laisser, je vous rapporterai la clef. — Non non, faites donc, je vous attends. Après, on ira chez moi prendre un thé, c'est mon jour de congé et nous ne partons à Mogdoul qu'en fin d'après-midi. Et puis je vous rendrai l'argent que vous m'avez prêté l'autre jour. Qui paie ses dettes s'enrichit.

Le dictionnaire des Mythologies appartenait à une autre édition que celle vendue aux enchères et rendue par Robert de Boissières. Il s'ouvrit tout seul à une page, tant l'habitude avait cassé le brochage, comme ces gens qu'obsède un souvenir, à qui un mot suffit pour qu'ils le racontent à nouveau. Le chapitre relatait les aventures d'Hercule, les écuries d'Augias, le jardin des Hespérides, Jacques ne s'attarda pas, il connaissait l'histoire. En italiques au bas de la page, une légende indiquait : Planche XI (ci-contre) : la célèbre mosaïque d'Hercule à Tamarilis (Mogdoulie), détail. Le détective la chercha des yeux quelques secondes : la gravure avait évidemment disparu. Peut-être le bibliothécaire était-il dépourvu de scrupules et confisquait-il sans vergogne l'iconographie susceptible de nourrir sa thèse ; peut-être aussi ces documents recelaient-ils un message, un indice qu'on aurait voulu dérober, ou désigner, au contraire. Jacques manipula le livre afin de le faire parler encore ; l'oracle répéta l'énigme, sauf une fois où les pages s'ouvrirent sur la barque des morts. Le nocher les transporte vers l'autre rive. Ils sont debout, jeunes ou même en enfance, le corps impuissant et raidi, environnés d'une brume flottante, et dans la bouche, serrée en un rictus, ils tiennent la pièce d'argent qui paiera leur passage (planche IV, illustration du poème de Virgile).

— On m'a signalé un autre endroit à découvrir, un site romain, Tamarilis... C'est loin d'ici ? demanda Jacques à Fortin tandis qu'ils allaient chez lui.

C'était à une cinquantaine de kilomètres vers l'intérieur des terres, mais l'animateur préférait oublier la dernière fois où il avait fait le trajet. Il s'était arrêté pour ramasser un pauvre hère écroulé en bordure de la route, n'importe qui aurait pu l'écraser et filer. Il l'avait emmené à l'hôpital le plus proche, une modeste antenne de campagne, il faut bien s'entraider. Il attendait œcuméniquement sur un banc le résultat de l'examen médical, quand il avait vu son prochain fondre sur lui et, d'une haleine avinée, l'abreuver de paroles qui, à l'oreille, ne sonnaient pas comme des bénédictions, et où, parmi le flot incompréhensible, revenait le mot « assassin ». Un gendarme avait épluché son permis de conduire et, finalement, il n'avait échappé à la prison qu'en dédommageant avec largesse sa « victime ». Il n'avait jamais visité les ruines de Tamarilis. Tout en narrant son aventure, il se frottait la joue gauche, celle qu'il tendait toujours lorsqu'on venait de lui coller une baffe sur la droite : il croyait à la multiplication des pains.

Sa villa ressemblait aux autres, en un peu plus échouée peut-être. L'intérieur sentait la naphtaline. Sur un meuble était posé un énorme lapin en porcelaine blanche et, tout autour dans la pièce, proliféraient de plus petits, en métal, en verre, en carton-pâte — la collection de Martine, dit Fortin, elle me les a laissés. Il s'empara d'un ressort, un de ces bibelots des années soixante-dix dont Jacques avait oublié l'existence, qu'il étira en accordéon jusqu'à l'infini. Venez, ajouta-t-il, je voudrais vous montrer quelque chose.

Il tira religieusement d'une châsse noire une hostie en 16 mm — le film de notre mariage — et l'éleva en oraison à hauteur de ses yeux, relique, reliquat, requiem des amours mortes. Bientôt, Jacques vit apparaître sur le mur, aux côtés de l'époux crucifié par l'émotion, la bobine d'une Vierge qui aurait dépassé le temps de pose des rouleaux chauffants et qui, sur l'enfilade des colonnes du palais Mosgam, ruisselante de bonheur et d'anglaises, cernée par une robe à faux cul, avait la tournure de Marie-Antoinette posant avec son mouton favori dans un Petit Trianon détruit au tir de mortier. Les invités bambochaient alentour. Tarin était souverain. En fond sonore, Michel Sardou s'étonnait que sa mère ait pu faire un enfant — sacré Michel !, c'était le chanteur préféré de Martine. Plus tard dans la soirée surgit une gigantesque pièce montée. Selon la tradition, le marié en coupe un morceau et le propose aux lèvres de la bien-aimée, mais il a mis les bouchées doubles et la belle ne peut l'enfourner : il faut retailler la part du gâteau sous son œil ulcéré, ils sont filmés ! C'est pourtant une cérémonie fastueuse, on a fait les choses en grand. La pellicule est floue, Jacques distingue au vol des visages connus. Simon Chambon semble ivre mort, il s'écroule sur Robert de Boissières. Entre les piliers et la pergola se profilent les voitures garées dans le parc — le nez allongé d'une type E, la Simca du bibliothécaire. Laure Nemours — le détective ne l'a jamais vue aussi bien — est assise sur les marches qui mènent à la mer. Elle est très belle. Elle a les cheveux dans les yeux, à cause du vent. Deux hommes lui tiennent compagnie, les deux animateurs. Elle porte une robe longue blanche peut-être un peu déplacée le soir des noces d'une autre ; d'ailleurs, une fraction de seconde, dans le tremblement de l'image, avant que ne tressautent les chiffres du compte à rebours, elle a le même sourire que le marié, un sourire à la frontière de l'extase et de l'imbécillité — l'air de croire que c'est pour toujours.

IX

Hélène partit le soir vers six heures et demie. Quand Jacques revint de chez Fortin, elle attendait, assise toute droite sur le canapé, une petite valise à ses pieds, comme si elle allait prendre l'autocar à la fin d'une série B. Elle était très belle. Il n'eut presque pas le temps de lui parler, Paul Durand klaxonna dans la rue. De toute façon, elle avait suivi son désir, elle ne l'interrogeait plus sur son enquête — qu'aurait-il à dire ? L'animateur contourna l'avant de la voiture de fonction du C.I.F. pour lui ouvrir la portière, est-ce qu'il plaisait aux femmes, un peu gringalet selon lui, mais Hélène paraissait l'apprécier : il savait vivre. Daniel Fortin était installé à l'arrière, tout frétillant ; il avait la tête de Python Réjoui qui va rejoindre ses camarades à la réunion nationale des scouts. L'autre aussi souriait dans le vide du rétroviseur, Merlan Frit était son totem. « Quel dommage que vous ne puissiez pas nous accompagner, dit Fortin. La femme de Paul non plus, elle a mal au dos. » Jacques appuya les doigts sur la vitre d'Hélène, elle avait l'air absent ; le chauffeur démarra, n'allez pas trop vite, Hélène agita brièvement la main, elle partait, elle était déjà partie. Il resta plusieurs minutes au bord du trottoir, à l'extraire encore vivante du tas de tôle écrasé contre un arbre, Merlan Frit était effondré sur le volant, il avait peut-être appris les bonnes manières, mais est-ce qu'il savait seulement conduire ?

Le détective avait du pain sur la planche. Il était grand temps d'aller faire un tour du côté de chez Robert de Boissières, de trouver ce qu'il cachait dans les détours de sa conscience ou dans le hangar verrouillé de son jardin. Une exploration était de toute façon nécessaire, ne fût-ce que pour la raconter : il fallait bien justifier ses appointements. Par chance, la nuit serait très noire, de gros nuages s'amoncelaient devant une lune d'inspiration orientale, mais il était encore trop tôt. Jacques ouvrit un battant du garage, un vieux vélo y rouillait parmi des bidons vides. Sur le sol, des taches d'huile dessinaient des formes étranges, comme si tout au monde avait un sens. Les pneus étaient complètement à plat. Il réfléchit : la propriété du dentiste se trouvait au moins à cinq kilomètres. Pas question de prendre un taxi, et à qui emprunter une voiture à cette heure sans attirer l'attention ? Non, le mieux était d'aller demander à la voisine si elle avait une pompe, il n'y avait pas d'autre solution.

Elle était dans son bain, mais la bonne lui prêta l'ustensile avec ordre qu'il le ramène le soir même vers neuf heures. Jacques promit de faire vite : une pompe à vélo peut, certaines nuits, s'avérer indispensable, c'est vrai. La bonne avait fini sa journée, elle sortit avec lui, ajustant sur ses traits un petit voile propret qui leur conféra aussitôt le charme mystérieux qu'ils n'avaient pas.

Le détective mit vingt minutes pour gagner le mur d'enceinte de la villa. Il l'escalada et se dirigea vers la maison assez fortement éclairée, d'où s'échappait la voix sirupeuse d'un crooner. C'était l'heure de l'apéritif. Robert de Boissières était assis sur une banquette dans la véranda, le bras passé autour des épaules de sa coéquipière qui arborait un T-shirt imprimé : 100 % FEMME — il était en train de s'en assurer. Elle tenait d'une main le revers de son blazer tandis que l'autre décortiquait au jugé une poignée de cacahuètes ; derrière la vitre de la galerie, on eût dit deux spectateurs qui, entrés dans un drive-in avec leur limousine, se roulaient des patins en attendant le grand film. Aucun domestique à l'horizon : la voie paraissait libre.

Un vent très fort s'était levé, il secouait les arbres, le ciel blanchissait. Près des garages, les plantes pliaient, geignaient, craquaient ; les bambous en avaient pris un coup, les cactus même piquaient du nez. Le hangar que Jacques avait été empêché de visiter était resté muni de son cadenas. Le privé s'y attaqua à la pince, il n'avait pas le loisir de feindre un vol de maraudeur. L'opération dura plus longtemps que prévu, heureusement le bruit du vent couvrait le cliquetis de ses efforts. Il transpirait, des pétales projetés à toute volée de la roseraie se collaient à son visage, se plaquaient sur ses vêtements : en cas d'alerte, il pourrait toujours se déguiser en rosier grimpant. Mais personne ne vint, et lorsque la chaîne céda, les battants s'entrouvrirent, une odeur confinée fut aussitôt balayée.

La pièce était remplie d'épaves. Autant le garage abritait les coursiers de race sous leur plaid, autant on croyait violer ici l'atelier de quelque taxidermiste fou qui eût fixé de pauvres bêtes dans la pose de l'épouvante. Sous des linges jetés à la hâte, la pénombre révélait une faune monstrueuse et égarée, ni tout à fait morte ni vraiment rendue à la vie — gueule béante d'un capot, phares hallucinés aux paupières descellées, ailes de portières saisies d'effroi dans le faisceau de la lampe-torche, cuirs éventrés. Le dentiste prenait ainsi un visage cruel dont Jacques ne fut pas surpris : c'était assez le genre de seigneur à remiser dans un coin un harem d'épouses vieillies, à se lasser d'une conquête pour une autre, à abandonner sans remords tout ce qui avait cessé de le faire rêver, mais sans le détruire vraiment, et même en se promettant de l'honorer encore, un jour de temps libre, fût-ce dans le souvenir seulement — un homme sans foi ni loi, un infidèle. Le détective fureta un peu par acquit de conscience. Il allait sortir lorsqu'une forme drapée de blanc attira le rayon de sa lampe électrique. Ça ne ressemblait pas à une pièce automobile mais — il la découvrit — à

Elle, c'était elle, L.N., moulée dans la terre, voilée comme un cadavre de glaise, drapée à l'antique telle une effigie de cimetière, portant l'empreinte ici et là sur son corps des doigts qui l'avaient..., Jacques ferma les yeux. Ce n'était qu'une statue pareille aux autres, pourtant il n'avait pas besoin de preuves. Ce fut aussi certain que l'évidence qu'on va aimer quelqu'un ; il éprouva sa perte comme un coup de foudre : elle était morte, il savait bien qu'elle était morte.

Dès lors, le reste de la fouille fut accompli sans un battement de cœur. Il trouva le fusil appuyé contre le mur parmi un fatras de pare-chocs, et il n'eut que deux housses à soulever pour dégager, à moitié désossée mais ô combien reconnaissable, la Simca Ariane des Chambon.

Dehors, dans l'allée centrale, le jardinier consolait une euphorbe. Il se redressa, ébloui par la torche, son grattoir à la main — qui va là ? cria-t-il en s'approchant, le détective l'envoya sur les roses et détala avant que l'autre, il l'espérait, ait eu le temps de l'identifier ; il s'enfuit, la tête gonflée du vent qui déferlait en rafales, semant derrière lui des pétales — je l'aime un peu, beaucoup, passionnément.

Il arriva trempé jusqu'aux os à la villa *Les Vagues*. Les nuages avaient craqué d'un seul coup sans pour autant que la tempête faiblisse, et il avait pédalé comme un fou contre la tourmente, les mollets raides, du sable dans les yeux, le nez, la bouche. Il se rendit aussitôt chez la voisine : à un quart d'heure près, elle lui fournirait un alibi — pour qui, au juste ? Pour la police ? Même s'il avait été reconnu, il voyait mal le dentiste porter plainte ! Non, au fond c'était surtout un alibi pour lui-même ; il éprouvait l'urgence de changer de peau, de faire le vide un moment auprès d'une femme vivante et chaude, de sortir de l'anxiété qui lui rétrécissait la poitrine : il avait besoin d'être ailleurs.

Elle portait ce qu'il faut être un peu simplet pour avoir appelé un « négligé ». Vous parlez d'un chat mouillé, dit-elle sur le seuil en mettant la main à la pompe. Entrez donc vous réchauffer. Il la suivit — il ne voulait pas la déranger.

Elle avait préféré ne pas aller à Mogdoul, son horoscope lui déconseillant de prendre la route ; d'un autre côté elle regrettait, elle avait un mauvais pressentiment, et puis elle s'embêtait ferme, on mourait d'ennui dans ce trou perdu, u, u, déclinait le détective en écho tandis qu'elle s'étirait, maussade — même son peignoir bâillait. Elle allongea une jambe vers le convecteur électrique dont le fluide circulait à petit bruit comme du sang qui s'échauffe, elle avait le genou rond et d'assez longs poils bruns sur la cuisse, les Espagnoles sont très... — Et vous, que devenez-vous ? s'enquit-elle dans un gracieux battement de cils et d'orteils conjugués. Approchez-vous donc, vous êtes gelé. Oh là là, que j'ai mal au dos ! Il me faudrait un bon massage.

La grande affaire humaine, c'est de communiquer, de *s'entendre*. La déjà longue expérience de Jacques dans l'investigation psychologique l'avait amené à se considérer en toute modestie comme assez fin en matière de décodage, et la traduction en clair d'un langage plus ou moins brouillé faisait partie du tout-venant de la profession ; il convenait surtout de ne pas chercher midi à quatorze heures, rien n'est plus simple que de lire un homme : s'il rentre souvent en retard chez lui, c'est qu'il a une maîtresse — hélas, oui, madame, vos soupçons se confirment — et s'il vous offre un whisky pour sceller votre récent accord, il cache sûrement dans le bar le même flingue que celui que vous avez au poing. Quant au notable qui planque au fond d'un débarras une automobile recherchée par toutes les polices du pays, comment lui supposer l'âme innocente ? Les femmes paraissaient à peine moins rudimentaires. Certes, elles étaient capables de vous congédier d'un « Va, je ne te hais point » plein d'altière pitié alors même qu'elles étaient folles de vous — encore cela n'arrivait-il plus guère. Peut-être fallait-il seulement, avec elles, accumuler un peu plus d'informations, rester un peu plus longtemps dans l'expectative, mais à un moment, de toute façon, le message devenait limpide : aussi Jacques André avança-t-il vers le genou dénudé de Micaela Durand une main dépourvue d'arrière-pensées, et fut-il obligé de décoder la paire de gifles qu'il reçut en retour comme la preuve qu'il avait sans doute insuffisamment potassé le cours de linguistique de Saussure sur l'arbitraire du signe. « La vâ-âche », interpréta-t-il *in petto*, ajoutant une treizième figure au Zodiaque, à moins que ce ne fût de l'astrologie chinoise. Elle s'était drapée dans la dignité de son peignoir en soie. Il esquissa à tout hasard un raisonnement récurrent : l'autre soir, pourtant, sur le pas de la porte, ici même... Elle ferma les yeux : il n'avait rien compris, vraiment. L'autre soir, elle lui avait manifesté son amitié, ou plutôt, n'employons pas de mot trop fort, sa sympathie, elle l'aimait bien, et puis elle cherchait à lier connaissance, elle avait besoin de parler, elle espérait trouver en lui, plus tard, un confident. Eh bien c'était raté, elle n'avait pas de chance. Un reniflement peiné ferma sa mise au point.

Un silence suivit : le dialogue s'instaure toujours plus difficilement avec les étrangers. Jacques se leva enfin, non sans inscrire dans son calepin mental cet addendum à la science du génie des peuples : lorsqu'une Espagnole vous attrape subitement les couilles, c'est qu'elle a besoin de parler. Pascal — encore un copain de Tarin — l'avait d'ailleurs noté avant lui : Vérité en deçà des Pyrénées, erreur au-delà.

Elle le raccompagna jusque sur le perron. Il tombait des hallebardes, dont Jacques se fût volontiers laissé transpercer. L'angoisse renaissait ; passé la grille, quels fantômes viendraient à sa rencontre ? Micaela se recoiffait, lissait une mèche brune en accroche-cœur sur son front. Il eut envie de lui asséner ce que son horoscope avait omis de lui dire, peut-être : qu'elle allait mourir, qu'ils allaient mourir, alors cette comédie... — Vous n'êtes pas fâché, au moins ? Elle lui posa une main sur la poitrine, là, faisons la paix. Il eut envie de lui dire que c'était dommage qu'elle ait du poil aux pattes, les brunes, évidemment... Allez, restons bons amis. Un seul astre brillait entre deux nuages — l'étoile polaire sans doute, la mauvaise étoile, étoile du soir, désespoir. Cette lueur dans ses yeux, pourtant... Et revenez me voir, surtout, ne m'abandonnez pas. Il sortit en courant. Il faut se méfier des femmes « à tempérament » : vous n'en disposez qu'après de multiples mensualités.

La villa lui parut froide comme une tombe. Un feu de cheminée l'aurait rendue à la vie, mais la réserve de bûches, à découvert dans le jardin, devait être inondée, et puis de toute façon il n'avait pas le courage. L'image des gigantesques troncs d'arbres dérivant sur la lagune près du palais Mosgam lui traversa l'esprit ; ils défilaient avec insistance, énigme flottante, part infime d'un mystère plus grand, d'où venaient-ils et où s'en iraient-ils ? Il mit une cassette dans le magnétophone ; depuis la première fois, il en avait écouté les trois quarts sans réentendre le son de la voix de Laure, mais cela pouvait revenir : sans doute avait-elle été consciencieuse, répétant, comme Hélène, pour s'améliorer. Il s'assit, la bouteille de scotch à portée de main, elle ferait office de brasero, et ¡ Viva España !

Il ne voyait pas trop quelle conduite adopter. De toute évidence, Robert de Boissières trempait jusqu'au cou dans la disparition des Chambon-Nemours, mais le détective ne pouvait guère utiliser ses récentes découvertes sans se couler lui-même et saborder son enquête. Or il était repris par la passion de savoir. La vérité gisait bien quelque part, et il la déterrerait ! Le dentiste avait-il tué toute la famille, s'appropriant ensuite leur voiture pour la cacher, la restaurer, la maquiller ? Mais dans quel but ? La statue laissait supposer qu'il gardait le souvenir de Laure. Avait-il été son amant ? Elle avait souhaité rompre, alors il avait perdu la tête, les avait attirés, elle et son compagnon, dans un guet-apens et... Et l'enfant ? Le preux chevalier l'avait occis en prime, les histoires c'est comme les dents, quand elles font mal on les dévitalise, on enlève le nerf. Quant aux corps — ses yeux s'arrêtèrent sur le nu qui s'arrachait de la terre vers le ciel, main crispée dans l'air sans rien saisir — quant aux corps, il faudrait fouiller chaque recoin de la vaste propriété, le meurtrier n'avait probablement pas jugé bon d'être plus prudent pour les cadavres que pour l'automobile... Peut-être bénéficiait-il de protections... Depuis le temps qu'il vivait là, n'avait-il pas acquis une sorte d'impunité, un statut hors le temps, hors la loi ?

Certes, différents détails demeuraient obscurs. Pourquoi, par exemple, Simon était-il allé à la bibliothèque, de nuit, juste avant de disparaître ? À quoi rimaient le congé-maladie, les pages arrachées ? Et les autres amis du couple, les Durand, Fortin, Boulequier, ne jouaient-ils donc aucun rôle dans la pièce ? Jacques aurait aimé que Laure lui parle, qu'elle se manifeste tel un esprit frappeur parmi la musique — « Je ne regrette rien, je suis contente. Oui, cela m'est égal, et ce que j'ai fait, je le referais encore, et je n'ai plus d'enfants, et je n'ai plus d'amis, Et je suis en horreur à tous, et je vais mourir, et je suis contente Qu'il n'y ait plus rien, que toi tout seul Pour moi, et moi toute seule avec toi. Et cependant il est terrible d'être morte. » Le détective avait retenu ces paroles entrelues dans le volume de Claudel, mais elles n'étaient qu'imitation d'un dialogue réel, que *répliques*, et il luttait à grandes rasades de whisky contre l'envie de les croire vraies.

Un bruit métallique le tira de ses songeries. On eût juré que la grille qui, à l'arrière de la maison, menait au garage battait. La pluie n'avait pas cessé, accentuant l'impression qu'avait Jacques de dériver sur un navire en détresse. Il sortit par la porte de la cuisine, ou plutôt resta un instant accroché au chambranle. Des paquets d'eau lui arrivaient au visage, des trombes noires percées de blancheurs lunaires. Le sol était dévasté, raviné. Des coulées boueuses boursouflaient l'allée. Il fit deux pas dans le gâchis du jardin, s'orienta. Et soudain il la vit, et soudain un vide immense creusa ses poumons, un appel d'air, un appel à l'aide : une tombe noire, percée d'une blancheur d'ossuaire, là, béante au pied de l'oranger à moitié arraché par le vent. Une douleur atroce éclata dans son crâne, moins migraine que chagrin, mais il ne fallait pas y céder, non il fallait regarder, voir, aller tout au bord, voir, aller jusqu'au bout, surtout ne pas fermer les yeux, aller jusqu'au fond, voir.

La main gauche empoigne l'air, n'accroche rien, du vent. L'autre est couleur de feuille tombée, elle serre quelque chose entre ses doigts : une grosse boule de papier, une sphère pâteuse ou, à mieux observer, une tête de femme sculptée dans l'argile, cassée net au cou comme après une décollation. Les yeux s'attardent sur ce fragment de peur de remonter au visage de la morte, pourtant masqué par la chevelure éparse, ruisselante, blonde : L.N. Seule la bouche est bien visible, d'où sort à demi une espèce de pièce de monnaie, une médaille sainte peut-être, qu'elle aurait voulu baiser avant la fin, ou qu'on aurait placée là en guise de dernier sacrement. Le corps disparaît sous un linge blanc moussu, robe ou drap servant de linceul. À côté de lui s'en trouve un plus petit, de la taille d'un enfant. Il tient dans ses bras, nez contre nez, une peluche aux allures de Cerbère, des lettres sont gravées sur le collier. Il se peut que d'autres gisent dessous, plus humiliés encore, inhumés à la hâte tels de mauvais souvenirs. L'enquêteur ne cherche pas à le savoir, il ne veut pas le savoir. Il passe une main sur son front. Ces corps morts enlacés, il aimerait les chasser de sa mémoire, vivre sans eux ni leur image ni leur amour, qu'eux aussi ne soient que copies, mannequins, doublures de série B. Il est pareil à l'assassin : il voudrait les anéantir, les enterrer, creuser une fosse et les y entasser, décomposés, sans visage jamais, il voudrait les jeter aux oubliettes et que le trou ne soit rempli jusqu'au fond que d'une eau noire et vide, d'un repos éternel : flaque, douve, lagune plane aux reflets de nuages. Il voudrait fermer les yeux, dormir en paix, ignorer.

Sa main gauche agrippa la terre, il sentit des feuilles sous ses doigts, puis une boule grenue. Il entrouvrit les paupières : c'était une orange, dont l'écorce arrachée à l'endroit de la queue laissait voir la chair pâle. Jacques se redressa sur les genoux, le crâne dilaté par la douleur. L'arbre avait dû tomber d'un seul coup, le tronc et les branches couvraient presque toute la partie arrière du jardin. Il se dégagea tout à fait, se leva, une paume contre le front, nauséeux, comme flottant sur une eau calme. La pluie avait cessé, ce qui coulait le long de sa joue, c'était du sang. Hélène, pensa-t-il soudain. Il se retourna, vit des remblais de terre sous la masse de l'arbre, une ombre blanche qui dépassait. Bon dieu, Hélène ! Puis il se souvint : elle n'était pas avec lui, elle était partie à Mogdoul, déjà en sûreté là-bas si le chauffeur savait contrôler l'aquaplaning. Il se détourna de la fosse. Le sang collait à ses doigts. Une bêche gisait brisée en travers de l'allée, il ne l'avait pas remarquée avant de sombrer dans l'inconscience. Il regagna à pas lents la cuisine, les oreilles toutes vibrantes d'un son de cloche à la volée qui rappelait un peu le timbre aigu d'une voix — mais non, Hélène n'était pas morte, ce n'était pas elle qui était morte — d'un bruit de gong qui, à la réflexion, évoquait moins le craquement naturel d'un oranger déraciné que le choc d'une pelle fracassée en pleine poire

X

Il n'y a pas plus d'une cinquantaine de spectateurs dans la salle. Tous les rangs d'honneur sont restés vides, les personnalités mogdouliennes ne se dérangent pas pour les soirées d'amateurs, et puis on n'a pas fait de publicité. Qui sont les gens présents ? Hélène les distingue à peine, elle saisit parfois quelques expressions attentives, et cet effort l'émeut comme le sourire, dans un train, de passagers anonymes. N'appartiennent-ils pas tous au même convoi, ne partagent-ils pas une même parcelle de temps où ils évoluent ensemble sans se heurter, courtoisement, tels des baigneurs dans l'eau bleue de la piscine à l'Hôtel de l'Atlantique ? Deux femmes penchent la tête l'une vers l'autre sans la quitter des yeux, concentrées. Un homme à face de lune la contemple béatement. Elle-même se sent pleine de compassion envers l'humanité tout entière, elle embrasse ces auditeurs dispersés dans une sorte d'apitoiement universel, elle a envie d'être *bonne* pour eux. Elle ne souhaite pas vraiment les connaître, pas plus qu'elle n'aurait l'idée d'engager la conversation avec des voisins de compartiment. Non, ils sont seulement témoins de sa vie comme elle l'est, à un moindre degré, de la leur : livres entrouverts dont on lit quelques lignes, qu'on retient ou qu'on oublie. Ce soir, elle chante bien, elle le sait ; un sismographe intérieur l'en assure ; sa voix n'a jamais été une grande voix, mais elle est honnête, généreuse : c'est une voix qui donne ce qu'elle a sans tricher, une voix *juste*. Le train du temps les emporte donc tous l'espace d'une heure, sans autre cahot qu'une toux sèche ici et là ou le froissement de la partition sur le piano de Fortin. Ils l'écoutent, elle leur en est reconnaissante, et cependant ce n'est pas pour eux qu'elle chante, mais pour lui seul — *fors'è lui*. Il n'est pas dans la salle, d'ailleurs, il a disparu sitôt les lumières éteintes. Il doit se trouver en régie, dans la cabine là-haut en face d'elle, en train de superviser les éclairages. Son absence n'a rien d'anormal, n'est-il pas le conducteur de la locomotive (elle ira où il voudra, elle fera ce qu'il voudra). Et puis les gens qu'on aime sont toujours loin, à l'opéra on les entend souvent tout au fond, leur désir est crié des coulisses ou des loges — ils sont troubadour en exil, amant transi sous les fenêtres — et dans l'obscurité de la profonde nuit leur belle les cherche et les attend. Bientôt il la rejoindra, il aura traversé les mers, les jalousies, les passages à soufflets, il aura remonté le courant du temps, le couloir du train, il aura jeté n'importe où dans le feu de la passion son bandeau de bohémien, son huit-reflets, sa casquette S.N.C.F., et une même vague les emportera vers l'horizon, un même wagon. — Merci. Vous avez entendu successivement deux extraits de *La Traviata*, et un air de Léonora dans *Le Trouvère* de Verdi. Nous nous retrouvons après l'entracte, si vous le voulez bien. Elle s'incline, le public applaudit encore un peu tout en s'ébrouant, Daniel Fortin lui broie la main, ça roule. Lorsqu'elle se redresse, Paul arrive en effet de l'arrière de la salle, dans un instant il la serrera entre ses bras. Elle le regarde approcher, elle s'émerveille de son existence, de la simultanéité de son existence avec la sienne. Bien sûr, des millions de gens voyagent avec eux. Hélène les a croisés sur des quais, entrevus lors de correspondances, ignorés pour la plupart. Il y en a à qui elle a souri, rendu leur sourire, d'autres qu'elle aurait volontiers jetés par la portière. Enfant, elle s'est demandée pourquoi elle n'était pas née plutôt princesse au Moyen Âge ou astronaute de l'an 3000. Elle s'est parfois étonnée de rencontrer au coin d'une des innombrables rues de Paris, parmi la multitude, un ami perdu de vue longtemps avant. Mais rarement son cœur s'est ému aux larmes d'habiter le même intervalle d'éternité que quelqu'un. C'est la première fois depuis son mariage avec Jacques — ce oui commun ouvrant une chambre du temps. Elle connaît trop peu Paul Durand pour qu'à ses yeux il soit déjà son amant. Ils n'ont encore en partage ni secrets ni souvenirs, que le temps. Il n'est ni son compagnon, ni son confident, ni son complice. Il est seulement, tout au bord de l'amour, dans ce théâtre et partout ailleurs, avec une force qui la soulève, son contemporain.

Ils sont arrivés la veille à Mogdoul. Paul a conduit sans interruption tandis que Daniel jouait *Jeux interdits* à l'arrière — sa guitare, elle au moins, ne le quittait jamais. La capitale semblait née du croisement hasardeux d'une charrette à mules et d'un néon Coca-Cola. La nuit était tombée. Ils sont tout de suite allés dîner dans une cafétéria face à la mer, « la mer, comme une vache terrassée que l'on marque au fer rouge », a dit Paul — Paul Claudel —, le vent s'était levé, en effet. La carte proposait, parmi les suggestions, des huîtres de Zigliara dont elle vantait la fraîcheur, les qualités diététiques et les vertus aphrodisiaques. Personne n'en a pris. Au fond de la salle, cinq ou six consoles de jeux vidéo flambant neuves étaient alignées le long du mur ; les hommes s'y succédaient comme devant des urinoirs, jambes un peu écartées, on voyait leur dos tressaillir et leurs bras s'agiter spasmodiquement. Les deux animateurs ont fait une partie, Hélène est demeurée assise. Les épaules de Paul Durand étaient assez larges malgré sa maigreur ; selon le cours du jeu, il trépignait de joie ou d'impuissance. Il est revenu vers elle. Ses yeux étaient d'un vert transparent, elle lui a souri — c'était bien ? « Vous avez de la monnaie ? », a hurlé Fortin, le visage tout rouge : c'était génial, cet engin, une vraie révélation. Paul, lui, s'est rassis : le code du savoir-vivre, au chapitre LIEUX PUBLICS, ne s'étend pas sur la pratique ouverte de l'onanisme électronique ; en revanche, il est formel quant à la nécessité de ne pas laisser longtemps une femme seule à table.

Sur une banquette voisine, un autre jeune couple était installé. Elle dévorait un steak-frites, lui n'avait rien commandé. Il encerclait de ses mains un verre d'eau et la regardait manger, ne touchant pas même au pain dans la corbeille. Il n'était pas rasé, la poche de sa veste pendait, déchirée. De temps en temps, il arrêtait le garçon par le coude : il voulait payer, c'était à lui qu'il fallait donner l'addition, c'était lui qui payait. Son invitée mangeait maintenant une part de gâteau, il ne la quittait pas des yeux, ses seins se tendaient au-dessus de l'assiette, sa langue récupérait des miettes de chocolat autour de sa bouche, elle avait un bon coup de fourchette, est-ce qu'elle accepterait d'aller chez lui ?

Un vent coulis entrait par la porte battante, Hélène a frissonné, Paul Durand lui a mis sa veste sur les épaules, ce n'était pas le moment d'attraper la mort. Le col sentait le vétiver. Pendant le repas, la conversation est restée plate comme une mer étale. Hélène a tenté d'y introduire un souffle, un frémissement — que pensai(en)t-il(s) de l'art, musique, théâtre, est-ce que cela avait de l'importance pour euh, lui ? Et la beauté, et l'amour ? Et Laure Nemours, la disparue, à qui souvent elle songeait, avai(en)t-il(s) une idée de ce qu'elle était devenue ? Ils mangeaient du gaspacho, on en avait déjà parlé cent fois, inutile d'y revenir, le mystère persistait, par contre le gaspacho manquait un peu de sel. Paul Durand a fini son potage en l'inclinant non pas vers lui mais vers son verre, tel était le bon usage de l'assiette creuse. Daniel traçait une croix du gras de son pouce sur chaque morceau de pain qu'il entamait, les mots stagnaient de plus en plus bien qu'au-dehors une tempête se déchaînât, on n'avait pas vu ça depuis des années, un temps pareil en cette saison ; la parole ne circulait presque pas, aigue morte, soupe refroidie, c'est italien, le gaspacho ?, le silence ne s'installait jamais non plus, ils souriaient, ils ne voulaient pas faire de vagues. Les yeux de Paul étaient deux lacs très clairs, par instants il avait l'air stupide à force de transparence, son regard reflétait la candeur d'un enfant qui n'a rien vécu, ou d'un veau qui a tout oublié. Mais ce devait être une illusion d'optique : n'y avait-il pas, dans les profondeurs de cette eau limpide, des secrets, des souvenirs, des images qui, telles des carpes centenaires, gisaient muettes, invisibles mais vivantes, prêtes à se rendre pour peu qu'on sût les amorcer ? Voilà donc ce qu'elle allait faire dans les heures à venir : l'obliger à se découvrir, à s'extraire de la vase ; l'appâter, le prendre dans ses filets, pêcher son âme. Elle mènerait, parallèlement à l'entreprise de Jacques, sa propre enquête, à cette différence près qu'elle désignait elle-même son objet : on ne lui imposait rien, elle fouillait où elle voulait, elle fouaillait qui elle désirait, on ne la payait pas, c'était gratuit. Pourquoi le faisait-elle ? Pour rien. Pour savoir. Elle était follement curieuse de lui.

Le dîner s'est terminé dans l'ivresse. Quand Daniel, la mine grave, a soulevé la deuxième carafe de grès, une seule goutte en est sortie. Il l'a soupesée, a plongé le nez à l'intérieur — plus rien, ils avaient abusé du sang du Christ. Un vendeur de roses voguait de table en table, proposant des bouquets de taille variable. Sur sa corbeille, un carton affichait :

Je l'aime un peu : 10 dranirs
Je l'aime beaucoup : 20 dranirs
Je l'aime à la folie : 30 dranirs.

Il souriait sans conviction, pressé de rendre visite aux grands restaurants voisins, avec leurs nappes blanches et leurs chandeliers à torsades. Car dans cette cafétéria, il en renouvelait chaque soir l'amère expérience, les gens prisaient surtout la bière et tenaient leur femme en bien peu d'estime. Lorsque Hélène s'est levée, Paul l'a aidée à reculer sa chaise. Elle s'est dirigée vers la sortie d'une démarche flottante. « Tiens, encore un nuage qui a envie de faire pluie-pluie » a dit l'animateur en tendant la main au-dehors. Ils ont tous ri. Dans la pénombre, ses dents luisaient bien alignées. Il était jeune, séduisant, léger. Et pourtant, un malaise accompagnait le moindre de ses gestes ; sa voix même sonnait faux. Si là, maintenant, elle l'avait saisi par la manche, n'eût-il pas abandonné une peau qui n'était pas à lui, des écailles sous lesquelles il fût apparu encore et toujours ni chair ni poisson, comme des pelures d'oignon successives à vous faire pleurer de dépit ? Rien ne paraissait vraiment lui appartenir en propre pour constituer son être, tant il y avait en lui, au cœur même de la courtoisie et de l'aisance, quelque chose d'*emprunté*. Il dérobait ici et là un cliché, une idée, un sourire, une phrase, le goût du golf, de Mozart et des pantalons à pinces, le chic, le toc, la galanterie, et aussi quelquefois sans doute un sentiment, une douleur ; il s'était marié, après tout ; mais il avait dû aimer par mimétisme : on peut tomber amoureux comme on tient la porte aux dames : parce qu'on l'a vu faire. Hélène s'est installée dans la voiture, la gorge serrée. Elle ne savait déjà plus : n'y avait-il rien au fond, rien à découvrir, que du temps à perdre ? Elle a repoussé cette idée tandis qu'il lui mettait sur les genoux un plaid à carreaux — quel temps de chien ! Et si elle l'embrassait ! Il pianotait sur le volant. Son ivresse était charmante, cette insouciance, ce désir d'être agréable. Elle s'est replongée dans la douceur de l'avenir, rejetant les doutes. Le monde en un instant était redevenu dense et plein, c'était un labyrinthe à explorer, tout en tours et détours, jusqu'à l'issue. Pendant qu'ils roulaient vers le théâtre, elle a oublié ce que Jacques avait noté dans son carnet (mais lui, ce n'était pas pareil, il était obligé de simplifier) : « DURAND (Paul) : pas d'épaisseur (pas de couilles). Bien élevé, va toujours dans le sens du poil, le style caméléon. Fuyant, inconsistant : poisson d'eau douce, menu fretin. » Eh bien justement, elle sonderait jusqu'à l'arête centrale cette anguille sous roche qui n'intéressait pas grand-monde ; c'était son énigme à elle, elle avait le choix des armes et ça n'allait pas traîner, harpon ou dynamite, elle aviserait. Une bonne chaleur a envahi l'habitacle. À l'arrière, Daniel ronflait. Elle a observé Paul dans le rétroviseur. Il fumait, il devisait poliment de choses insignifiantes, lui souriait. Elle attendait son heure, elle ne se souvenait plus du soupçon qui l'avait effleurée : que cet homme à qui elle *prêtait* du mystère en était exempt, que peut-être il ne parlait, riait, bougeait que pour meubler un manque d'être, boucher un trou, feindre une plénitude, se *donner une contenance*. Elle oubliait que lorsqu'on les soupèse, comme les carafes, comme les cruches, bien des personnes ne sont légères que parce qu'elles sont vides.

Le directeur du C.I.F. local mettait la salle à leur disposition jusqu'à minuit pour prendre les premiers repères. Il les attendait, un peu soucieux aussi de ne pas se faire refiler une casserole, mais affable. La simple vue d'Hélène le réconforta, on aurait toujours le plaisir des yeux. Le voyage s'était bien passé ? Alors tant mieux. Et pour *Partage de midi*, ça tombe à l'eau définitivement, si j'ai bien compris... ? Je peux le rayer de mon planning, n'est-ce pas, Durand ? Il a dû être bien content de vous trouver, a-t-il enchaîné en s'adressant à Hélène, sinon qu'aurait-il mis sur son bilan d'activités semestriel ? Drôle d'histoire, remarquez, ces actrices qui jouent les filles de l'air. Enfin vous êtes là, c'est le principal.

Le piano avait été accordé. C'était un quart-de-queue. Daniel y a effectué quelques gammes, elle a chauffé sa voix puis répété trois ou quatre des morceaux prévus, accompagnée tantôt de l'instrumentiste, tantôt, quand la partition dépassait ses compétences, d'une bande enregistrée : elle travaillait alors sans filet. Mais cette gageure la transportait, elle acceptait de passer l'épreuve, de fournir des preuves de sa valeur ; elle chantait pour mériter d'être aimée. L'animateur était assis dans les derniers rangs, il s'assurait que le son portait. Elle voulait le séduire par son seul chant, le saisir dans les rets de sa voix, et s'il était poisson, être sirène. N'entretenait-elle pas elle-même dans un coin de son âme une folle passion pour Georges Thill et Caruso ? Elle fondait en larmes chaque fois qu'elle les écoutait, même sortis de la tombe elle n'aurait rien pu leur refuser, ils n'auraient eu qu'à ouvrir la bouche. *Mutatis mutandis*, elle aussi comptait sur son art pour le toucher ; oui, voilà ce qu'elle voulait d'abord : *toucher* cet homme. Que sa voix soit à la fois la main qui le caresse, l'émotion qui l'étreigne et la flèche qui le blesse, et qu'il devienne pour elle le corps soumis, le cœur blessé, la cible atteinte, et qu'il jouisse, et qu'il pleure, et qu'il meure. Elle était tout ensemble attentive et sensuelle, elle chantait comme on palpe et comme on vise, sûre d'elle, précise, et sans nul doute dès qu'il aura fini d'éplucher le formulaire de défraiement que vient de lui remettre le directeur, il sera navré d'amour, touché à mort. Bravo, a crié le maître des lieux, vous avez une voix délicieuse ! Tête baissée, Paul fronçait les sourcils, comme torturé : essence : 200 dranirs aller et retour, repas : 370 dranirs, hôt, il s'est levé d'un bond, je vous l'avais bien dit, un vrai (rossignol s'est immobilisé net sur l'extrême bord de sa bouche, est-ce que ça n'évoquait pas *aussi* quelque rogaton invendable et défraîchi ?...), il a dégluti — un vrai délice.

Hélène s'est assise à côté de lui dans la pénombre pendant que les autres réglaient l'éclairage de la scène. Elle ne lui a pas pris la main mais l'avant-bras, comme lorsqu'on a peur au cinéma — et elle avait si peur d'elle-même qu'elle a fermé les yeux. Elle a serré juste au-dessus de sa montre, elle a senti battre son pouls — ou bien était-ce le sang à ses tempes ? Il n'a pas bougé tout de suite, il se demandait peut-être quoi penser du film ; puis il a glissé ses doigts dans les siens, les a refermés, et ils sont restés enlacés, pétrifiés, adolescents. Hélène, paupières toujours closes, attendait noblement la mort :

à toute allure le flux du temps s'engorgeait jusqu'à l'asphyxie dans l'étau de cette minute poignante.

— Vous devriez vous mettre au lit, a dit le directeur, vous semblez épuisée. Elle a souri, c'était vrai, elle venait de donner tout ce qu'elle avait, toute sa réserve. Elle s'est levée, a hasardé un coup d'œil du côté de Paul. Ses joues étaient marbrées de rose et de gris. Il avait l'air d'un caméléon qu'on a forcé à stationner sur une couverture écossaise.

Au début de la nuit, bien qu'elle n'eût perçu aucun bruit, elle a ouvert la porte de sa chambre, à l'Hôtel du Prince. Il était derrière, dans le couloir au tapis miteux — on les avait estimés à deux étoiles. Il est entré, le regard traqué, et il a dit : « Je suis venu parce que j'aurais été un véritable goujat de ne pas venir... » Ne l'était-il pas davantage en le disant, ou bien était-ce un compliment, elle n'a pas eu le temps d'étudier la question en détail, elle s'est jetée dans ses bras — elle s'est positivement jetée dans mes bras, expliquera-t-il plus tard si on l'interroge.

Il ne peut pas. Il n'y parvient pas. Il a les pieds tout froids. Elle est si belle, pourtant, si désirable, tous les hommes la désirent, d'ailleurs. Il ne comprend pas : l'émotion, sans doute. C'est un moment tellement (important, grave, essentiel) vital pour lui. Elle est nue sous les draps, elle le touche du bout des doigts, ce n'est pas grave, ça n'a pas d'importance, elle comprend très bien. Il se plaint, il y a des sanglots dans sa voix tandis qu'il tire jusqu'aux limites de l'élasticité sur le membre récalcitrant. Cela lui est-il déjà arrivé ? elle préfère ne pas le savoir, s'endormir dans l'espoir que cela lui est toujours arrivé, qu'il n'a jamais pu, jamais su (elle caresse un rêve d'homme vierge) — ou bien qu'il l'aime à la folie, ce qui expliquerait tout.

Quelque chose soudain l'a réveillée en fanfare d'un demi-sommeil fiévreux. Il était sur elle, il entrait en elle, mais peut-être était-ce aussi l'appel que dardait dans le lointain, du haut d'un minaret, un fervent convaincu, un rossignol sur sa branche. Elle a refermé ses bras sur lui, quelle maigreur, son front, sa nuque, ses joues saillaient, dessinant moins une tête qu'un crâne, son corps brillait dans la lueur que filtraient les rideaux, et elle mourait, pénétrée d'une douleur brutale, celle d'être anonyme, d'être à la fois pour lui la première venue et, sous cet assaut bravache, pas la première : il lui faisait l'amour comme à n'importe qui (les autres ont défilé, cortège fantomatique sur le tapis roulant de sa jalousie, tels des châssis à la sortie de l'usinage), comme ces mauvais ténors qui chantent indifféremment Wagner ou Fauré, sans moduler, sans... en l'occurrence, le lied ne se composait que de quelques trilles, l'exécutant avait roulé sur le côté, où il reprenait haleine. Elle s'est blottie contre lui, lui contre Morphée. Puis il y a eu coup sur coup deux autres brèves percées, et le vainqueur s'est rendormi en ronflotant comme un moteur qui s'éteint. Elle lui a caressé les cheveux, les yeux, mais le contact était coupé. Il paraissait heureux et fier, un voile de fatuité couvrait son visage. Dans toute situation de la vie sociale existe un nombre d'or ; le respecter est essentiel à l'homme de bonne compagnie : accepter une deuxième tasse de thé, se mettre en quatre, envoyer vingt-cinq roses, tourner sept fois sa langue dans sa bouche. En matière de déduit amoureux, l'usage n'est pas aussi strictement codifié ; mais enfin trois, c'est un bon chiffre — très bien, très smart.

Elle a gardé jusqu'à l'aube les yeux ouverts. Le jour se levait sur eux, ils étaient ensemble, rien d'autre ne comptait. Pourquoi était-elle amoureuse ? Il n'y avait pas de raison. Elle l'aimait pour rien ou, parce qu'il dormait. Son sommeil témoignait-il d'une fuite ou, au contraire, d'un abandon ? Elle l'ignorait : la vérité offrait ses multiples visages, c'est pourquoi elle lui échappait, toujours une tête nouvelle lui poussait quand on croyait avoir tranché. Mais cela du moins ne changerait plus : elle l'aimait comme on se souvient, d'un seul coup et sans plus d'oubli. Ce soir, elle chanterait si bien qu'il céderait à la passion (il céderait en effet, comme ces étoffes aux mailles desserrées qui laissent passer la pluie et se déchirent, comme ces tissus qui craquent parce qu'ils sont lâches). Elle ne déviait pas de sa stratégie élémentaire : pour être aimée, être singulière. D'un autre côté — elle s'est levée sans bruit, est allée se regarder dans le miroir de la salle de bains — pour être singulière, ne suffit-il pas d'être aimée ? La glace reflétait un teint de morte ou de noceuse, *traviata*, et là, de part et d'autre des lèvres, deux plis qu'elle n'avait jamais remarqués, sinon — mais où, mais quand ?... — sur le visage de Mme Tarin, la veille ! Le vrombissement du robinet a dû le réveiller, il l'a rejointe, s'est incliné au-dessus de sa main en un salut quasi militaire : il avait passé une nuit (formidable, fantastique, inoubliable), il n'avait pas de mot pour le dire, d'ailleurs il ne l'a pas dit. Elle a fermé les yeux, *fors'è lui.*

Plus tard dans l'aube, un cauchemar l'a tirée de son sommeil. Un train les emportait à folle allure. Il était debout dans l'embrasure du rideau, nu, un pied sur la balustrade en fer de la fenêtre ouverte, les deux mains appuyées au balcon, le torse penché au-dehors, et il regardait vers la droite au bout de la rue — elle ne voyait que l'arrière de sa tête, sa chevelure déjà rare par endroits, sa silhouette si mince, sa mort — il regardait un point à l'extrémité de la rue, comme le voyageur qui veut savoir si la gare est encore loin. Elle a tiré le drap sur elle. *E pericoloso sporgersi.*

Tarin arrive le premier dans la loge, tout au début de l'entracte. Hélène s'étonne, il était donc là ? elle ne l'a pas vu pendant qu'elle chantait, sisisisi il était là, joli petit travail d'amateur, malheureusement il est obligé de partir, on l'attend à l'ambassade, Sergueï Ivanovitch a beaucoup insisté : mais il a encore deux-trois minutes à lui accorder. Il ôte son manteau tel un boxeur son peignoir parmi la foule en délire ; l'étoffe est encore parsemée de la pluie du dehors. Il croise les jambes, oui, je me disais seulement, en t'écoutant : elle devrait se défoncer davantage, tu vois, ça manque de punch. Le secret, dans ce business, c'est de sortir ses tripes. Il fait le geste du pélican qui s'éventre, Hélène se détourne, justement elle a horreur des exhibitionnistes. Elle note cependant qu'il la tutoie : elle n'a pas dû être si mauvaise que cela, puisqu'il l'agrège ainsi à sa Grande Famille. Mais que devient l'animateur ? sans doute la laisse-t-il se reposer, par discrétion. Tarin parle de ses voyages passés et futurs, de ses amis, des spectacles prodigieux auxquels il a assisté dans sa vie, du travail abattu en si peu d'années — il est dans la force de l'âge. Le mois prochain, il est convié à Rome, au Vatican exactement, un séminaire « Cultures et Religions », on compte sur lui, il verra s'il peut se dégager ; Hélène se repoudre, elle aussi aimerait bien se dégager. La fréquentation de gens célèbres a dû monter à la tête de ce pauvre Gérard, il finit par se croire plus connu qu'eux. — Au Vatican ? dit-elle ; mais alors, vous allez voir Jean-Paul... Il relève à peine, il garde la lippe dédaigneuse du champion face au challenger : Tarin Ier ne fréquente pas les Number Two, ou alors il leur vole la vedette. Nul doute que si Sa Sainteté l'invitait à faire un tour en décapotable le jour de

Pâques, tout le monde se demanderait « mais qui est le type en soutane blanche à côté de Tarin ? »

— Bon, cette fois je me sauve — il s'étire — et puis tu as compris — il se broie les chairs du poing dans un spasme viscéral — les tripes, les tripes !

Après son départ, elle entrouvre la porte des coulisses, qui donne sur le couloir menant au foyer. Quelques personnes sont en train de récupérer leur vestiaire, d'autres stationnent, un verre à la main. Des bribes de conversation lui parviennent, le prix d'un camping-car, les projets de promenade pour le lendemain, la pluie qui tombe comme vache qui pisse. Elle se souvient d'un spectateur en larmes à *Werther* qui, à la sortie du Palais Garnier, les yeux illuminés, éperdus et liquides, cherchait en vain parmi la foule quelqu'un qui lui ressemblât, un regard d'amitié. Paul Durand circule dans la salle. Il porte un habit noir à basques, genre queue-de-morue. Il va de groupe en groupe, tout sourire, apporte des rafraîchissements, baise des mains de femmes mariées, murmure un mot à chacune ; on dirait un gérant de restaurant : il sait recevoir, mais que lui a-t-il donné ? Elle referme la porte dès que la sonnerie retentit, rentre dans sa loge. Enfin il vient, tout va bien, oui, tout va bien, c'est un succès. Quand ils s'embrassent, il garde les yeux ouverts, il n'entre pas dans le noir de l'amour, reste dans la lumière des choses : il conserve un œil sur le monde, ou sur sa montre, il a peur qu'elle rate son entrée, qu'elle n'ait pas le temps de se remettre du rouge, qu'on les surprenne. Elle lui explique très vite ce qu'elle a pensé en chantant — le convoi des heures qui les réunit — elle lui caresse le front, elle l'aime. Oui, dit-il, on est dans la mêmeuh (barque, galère) nef, commeuh Ysé et Mesa, Tristan et Yseuh, il bafouille, il rame un peu. Tu m'as manqué, ajoute-t-il — il redresse la barre, c'est une phrase qui va dans le sens de la conversation. Elle se tait, pourquoi n'arrive-t-elle pas à le croire ? Il fonctionne comme un miroir faussé dans un parc d'attractions, il réfléchit ses paroles. L'amour, après tout, n'est qu'une relation sociale parmi d'autres, il a aussi son code. Il obéit peut-être aux mêmes règles que l'échange des cadeaux dans certaines contrées : en Mogdoulie, par exemple, on n'ouvre pas tout de suite le présent, on le laisse enveloppé sans paraître s'en émouvoir, on le pose à l'écart. Plus tard seulement, quand le visiteur est reparti, on découvre, on remercie, on rend — quelquefois même, si l'on veut, on renchérit, on rend au centuple. Hélène ferme les yeux dans le baiser ; elle s'est donnée la première, il la tient à peine du bout des doigts tel un paquet en souffrance ; mais à lui seul il est terre étrangère, et qui sait ce que préconisent, en sa contrée, dans les affaires d'amour, des usages qu'elle ignore ? Toi aussi, tu m'as manqué, dit-elle. Il reste une minute bras ballants, le regard vide, puis il a un geste indécis, il fait demi-tour et s'éloigne à pas pressés en consultant sa montre — comme on manque un train ?

Elle redessine ses lèvres au crayon rouge, ce n'est qu'une aventure, après tout, quelque chose qui est arrivé. Elle rejoint Daniel, ils entrent en scène. La face de lune du premier rang a disparu. Les deux dames discutent toujours en l'observant, peut-être examinent-elles la coupe de sa robe ? Paul demeure invisible durant la seconde partie ; seul, dans un seau en plastique en contrebas des planches, un bouquet de fleurs en attente, fût-il rituel, semble témoigner d'une pensée pour elle — un gros, un à trente dranirs au moins, un bouquet de roses « à la folie ». Plus elle chante, plus la douleur revient — toujours cette voix qui parle à distance, issue d'un corps invisible, intouchable : elle l'aime, elle l'aime, il étincelle à nouveau dans son cœur. Il y a des hommes, ainsi, qui ne brillent que par leur absence.

XI

— Mais ce sont des os de méchoui, mon pauvre ami !

L'inspecteur Bouarfa, tout en se tenant les côtes, montrait à bout de bras un morceau terreux de poitrine de mouton où perlaient des gouttes de pluie.
— Vous n'êtes pas très observateur, pour quelqu'un qui travaille dans le cinéma, dit-il plus sévèrement — on n'était pas là pour se fendre la poire. Ou alors, supposa-t-il par association d'idées, c'est votre coup sur le crâne qui vous a déboussolé : cet oranger aurait pu vous tuer, je l'admets. Là, au moins, nous aurions eu un vrai cadavre, regretta-t-il en balançant la dépouille dans le trou tandis que ses deux sous-fifres déposaient au fond d'un sac plastique, avec l'évidente intention de le confier moins à un laboratoire médico-légal qu'au chenil de la police, un long fémur translucide.

Jacques André, après une courte délibération avec sa conscience en charpie, s'était rendu de nuit au commissariat de Zigliara où, à l'issue de trois heures d'attente, il avait pu narrer sa découverte à une espèce de phytoplanton en voie de pourrissement qui avait dactylographié à deux doigts les différents prénoms de ses père et mère. Des traînées brunâtres, mêlées de fils noirs et d'empreintes pataudes, couvraient les murs, comme si quelque barbouilleur se fût exprimé au gré d'une inspiration jaillissante, donnant ici et là des coups de gouache sang-de-bœuf avec un pinceau qui perdait ses poils. Le plafonnier jetait sur cette fresque un éclairage livide. C'était le local dévolu aux interrogatoires, la salle dite « des dépositions », sujet classique pour les artistes peintres, en effet. N'aurait-il pas été préférable d'alerter le consulat ? Finalement, on le renvoya sans explications. Bouarfa et ses sbires l'avaient précédé à la villa *Les Vagues*, dont la serrure pendait comme une main cassée ; ils souriaient de toutes leurs dents sous la lueur de l'aube : évidemment l'étranger les avait dérangés pour peau de balle, mais on en ferait encore des gorges chaudes dans vingt ans !

— En tout cas, vous ne manquez pas d'imagination ; vous vous faites un sacré cinéma, commenta encore l'inspecteur sur le pas de la porte. Vous travaillez pour qui, déjà ?

Le détective enfila en hâte le masque du parfait abruti — un simple loup destiné à voiler son regard, en réalité, car sa bouche béait sans effort sous le poids du sommeil — mieux valait jouer les demeurés. Il roula des yeux :

— Surtout, ne dites rien à ma femme, elle aurait peur... ou bien elle se ficherait de moi.

Bouarfa examina d'un œil navré le malheureux roumi dont l'haleine se vaporisait à l'air froid du matin : comme si en Mogdoulie on disait quoi que ce soit aux femmes !

Une fois seul, Jacques s'écroula sur le canapé du salon — dormir, oh, dormir ! Mais Bouarfa avait raison : la salle obscure de son crâne abritait un cinéma permanent, certes en piteux état, défoncé, cabossé, mais qui tournait à plein régime, quitte à repasser sans cesse les mêmes mauvaises copies striées de zébrures hypnagogiques. Deux films se disputaient la vedette. Dans le premier, le félon Robert de Boissières, averti par son fidèle serviteur d'une intrusion du côté des douves, cessait de fleureter avec sa pucelle, coiffait sa salade, harnachait son palefroi et piquait des deux vers la villa *Les Vagues*. Là, il déterrait les dépouilles de ses victimes, que le jardinier féal remplaçait par quelques ossements animaux et embarquait dans son clou — pas question de salir les armoiries — non sans avoir religieusement récupéré au fond du trou — détail qui crevait l'écran de toute son horreur — un bon kilo du compost nécessaire à la croissance d'un ficus tergivertus un peu maigrichus. Le héros en alerte ayant été estourbi par-derrière au mépris des règles les plus élémentaires de la chevalerie, ils avaient tout loisir d'effacer les traces de leur forfait : quelle mer, quelle carrière, quel étang celait maintenant le souvenir des victimes évanouies corps et biens dans cette inexplicable tourmente ? Aucune suite n'était prévue : c'était la fin — leur fin.

Ou alors — autre version — un flic ventru envahissait l'image, et, du persil dans les narines, brandissait un plat de côtes également véreux devant le spectateur incrédule. N'était-ce pas lui qui, quelques heures plus tôt, exhumant les cadavres, leur avait substitué ce reste de méchoui afin de camoufler son incompétence à mener l'enquête, lui qui, à l'époque des disparitions, n'avait même pas fait fouiller le jardin ?

Le premier scénario demeurait cependant infiniment plus plausible. Jacques André se le repassa jusqu'à la nausée ; chaque fois, des détails changeaient, s'ajoutaient. Une seule certitude s'imposait contre toute preuve du contraire : cette femme morte, il ne pouvait pas l'avoir rêvée ; il l'avait vue, puisqu'il ne cessait de la voir. À la sixième reprise, quand la robe blanche de Laure, pâle telle Ophélie, traîne dans la boue tandis qu'on l'emporte, le détective glissa dans le trou du sommeil, hanté longtemps par la voix sépulcrale du dentiste qui, penché sur lui, répétait à l'infini : « Je vais reboucher la cavité, je vais reboucher la cavité... »

Il émergea vers dix heures, avala un café et se lava les dents au whisky. Sa décision était claire : avec des meurtres sur les bras, l'affaire prenait un tour nouveau. Terminées les analyses complaisantes sur le caractère des voisins, le C.I.F. de Tarin ou le chien de Boulequier ! En bout de piste, la filature gentillette de fantômes à peine nommés ! Il lui fallait maintenant savoir qui était sa cliente, et quels liens la rattachaient aux victimes... ou aux criminels. Il écrivit à Simone, sa secrétaire, de sortir sa perruque rousse de la naphtaline et de surveiller, trois jours après réception de la présente lettre et aussi longtemps que possible, la boîte postale 13, rue de Rennes, où lui-même adresserait sous peu un rapport à la Voilette ; de la suivre sans relâche lorsqu'elle viendrait retirer son courrier et d'envoyer un compte rendu en exprès à Zigliara — après tout, il la payait à ne rien faire, autant qu'elle se rende utile. Il se rasa avec le matériel de Simon — Hélène avait dû par mégarde prendre le sien dans son bagage — alluma la radio. Midi, notre bulletin d'informations internationales, Jacques augmenta le son, que devenait le monde depuis que lui s'enlisait dans la lagune de Zigliara ?

Le prince avait inauguré les X^{es} Floralies mogdouliennes en présence de nombreuses personnalités. Il s'était entretenu de la maladie des palmiers avec des spécialistes étrangers, ceux-ci lui avaient rendu hommage, déclarant lors de la conférence de presse : Son Altesse contribue magistralement à l'écologie de la Terre. Le prince s'était surtout félicité du succès des prières rogatoires lancées par ses soins à travers le pays : en moins de temps qu'il n'en faut pour le dire, il avait plu sur le sol assoiffé.

Suivirent un déluge de louanges, une tempête d'applaudissements à la gloire du Guide ami de l'En-Haut et de la Météo. Les résultats des derniers matches de foot bouclèrent ce tour d'horizon planétaire. Jacques essuya la mousse incrustée dans ses rides. Ainsi s'écrivait la sagesse : quand la solitude est trop grande et le monde oublieux, être à soi-même l'univers. Il alla se resservir un bourbon.

Derrière la fenêtre, la création s'égouttait sous le soleil. Tout paraissait plus vert, plus bleu, plus faux. Le calme régnait, même la mer avait l'air morte. C'était un samedi comme sont les dimanches, il fallait accepter de n'avoir rien à faire. Jacques eut l'impression que son temps était compté dans cette ville où le temps ne comptait pas. Lorsqu'on sonna à la porte, il se leva d'un bond ; aucun coup de sonnette, aucune sonnerie de téléphone n'avait jamais été anodin, au fond, il le comprenait maintenant : il y avait toujours eu du mystère dans toute visite, tout appel — ou peut-être avait-il simplement toujours attendu quelque chose. Il ouvrit. Boulequier lui flatta l'épaule, Kronenbourg lui flaira la braguette, mais non, ils ne le dérangeaient pas, au contraire.

— Alors ? dit le visiteur, à peine effondré dans un fauteuil.

Alors rien, l'enquête piétine, faillit se trahir le privé, tant l'alcool qui lui décapait la gorge refondait en une seule, par un effet paradoxal, sa double personnalité. À travers la baie du salon, il vit Kronenbourg fouailler la boue de sa gueule, flairer une piste, revenir vers la porte. Et lui, quelle piste suivre ? Le molosse des Enfers, avec sa gueule béante, gardait toutes les issues, empêchant de descendre plus avant dans l'abîme. Seuls quelques demi-dieux l'avaient tenté, Thésée, Hercule, Orph... Et s'il allait sur place, à Tamarilis, contempler de près cette mosaïque dont les images manquaient au dictionnaire de Chambon, *Les Travaux d'Hercule* ? Après tout, il n'avait rien à perdre ; la journée s'annonçait vide, et tant qu'à se coltiner Boulequier...

— Alors ? fit-il en écho, s'élevant seulement d'un demi-ton dans la gamme interrogative.

— Mon manuscrit ! ? jappa Boulequier.

Jacques se redressa, ton manuscrit ? Ah oui, le roman à clebs — il convenait d'attraper l'os au vol. Mais... il est tout simplement formidable, mon vieux. Quelle invention ! J'en suis resté pantelant. À chaque page, je me disais : Mais où va-t-il chercher tout ça, nom d'un ch, nom d'une pipe ? ! Non, sincèrement, ça peut faire un carton à la Fox.

Les yeux de Boulequier s'humidifièrent, son nez rosit. Dehors, Kronenbourg s'était assis sur son arrière-train et mangeait un géranium. Insoucieux de ses antiques prédécesseurs, il avait néanmoins à son insu la tête de Droopy. « I'm the hero », pensa Jacques.

— Tu sais quoi ? on devrait profiter de l'après-midi pour aller à Tamarilis, j'ai envie de repérer les lieux. Tu es venu en voiture ?

— Ah ! bon, tu verrais le tournage là-bas ? Ses oreilles frémirent un peu. Moi, je...

— Non non, pas forcément ; mais on en parlera en route, d'accord ?

Boulequier se leva. Le succès le rendait modeste :

— Mais alors, c'est vrai, le sujet t'a plu ? Le style est original, hein ?

Jacques le poussa dehors, siffla Kronenbourg. Si ça lui avait plu ? Quelle question ! Le mot manquait de force. Il était fana, emballé, enthousiaste, bref, en un mot comme en cent, tout simplement mordu.

Boulequier possédait un 4 x 4 Range Rover flambant neuf. Jacques s'étonna : il avait cru comprendre que l'esthète vivait en marge, sans se compromettre dans aucune filière bourgeoise destinée à gagner sa croûte. Celui-ci resta évasif tout en faisant vrombir le moteur. Mais il ressortit du tohu-bohu qu'un tout-terrain était pratique avec un gros chien comme Kronenbourg, qu'il fallait bien un moyen de locomotion pour trouver de-ci de-là l'inspiration et que les parents de l'artiste maudit prospéraient dans la charcuterie fine à Romorantin.

— La seule chose, c'est qu'il faudrait tout de même, à l'écran, remplacer les animaux par des hommes — ou bien négocier avec Walt Disney, mais en version plus soft, alors...

Jacques André regardait le paysage tout en parlant, les étendues pierreuses, les chèvres. Plus on s'enfonçait dans l'intérieur des terres, plus on remontait le cours du temps, jalonné d'ânes aux yeux bibliques, de vieillards encapuchonnés et de charrues d'avant le déluge. Il n'était pas mécontent, pour une fois, de jouer le rôle du démon qui tâte les âmes pour voir si elles s'achètent, sans intention d'y mettre le prix : c'était lui qui mentait, qui manipulait, qui vendait vessie pour lanterne ; l'histoire évoluait enfin à sa guise, fût-ce pour un court instant, et il en savourait chaque nuance. Boulequier fonçait vers Tamarilis comme vers son destin, visiblement déchiré par quelque drame intérieur. Malgré la climatisation, il était très rouge, il transpirait ; la peau de ses joues, granuleuse et violacée, évoquait assez celle d'un dindon, mais peut-être était-ce pure association d'idées.

— Ah ! bon, tu crois... dit le chauffeur. D'un coup d'œil au rétroviseur, il interrogea sans succès Kronenbourg : celui-ci venait de s'endormir. Bercé par son rêve préféré, il s'élançait maintenant vers l'ennemi aux cris de Youhou Rintintin. Son maître ralentit un peu. Que décider ? Ne sacrifiait-on pas ainsi la portée métaphysique du récit, n'affaiblissait-on pas la critique sociale, l'ironie cinglante, la valeur éminemment subversive de son œuvre ? D'un autre côté, bien sûr, en un sens, après tout, au fond pourquoi pas ? Depardieu ne se débrouillerait pas si mal dans le rôle du saint-bernard, Adjani ferait l'affaire en loulou de Poméranie, et avec un peu de chance on pourrait s'offrir DeNiro en *guest star* pour le teckel de la grande scène finale — ou un autre vrai pro qui accepterait de se faire allonger les oreilles. Il suffirait de négocier les clauses du contrat afin que lui, le créateur, puisse participer au casting et au tournage. De fil en aiguille, Jacques obtint tout ce qu'il proposait. À dix kilomètres du but, Boulequier consentit même, pour éviter les foudres de la censure réactionnaire, à remanier le passage — pourtant très fort — où Kiki le labrador encule un petit lapin dans la forêt de Brocéliande.

— De toute façon, poursuivit le détective, tu as dû t'inspirer de modèles humains, non ? Allez, avoue, qui as-tu croqué, parmi la colonie ziglia-raine ?

Boulequier eut un sourire de sloughi devant qui on aligne une portée de corniauds. C'est vrai qu'il avait la dent dure et qu'il ne caressait pas les gens dans le sens du poil : l'Art ignore les concessions. Mais il préférait l'air vivifiant de la fable philosophique aux miasmes de la réalité. Jacques l'écoutait en dodelinant de la tête, telle une peluche sur la lunette arrière ; il comprenait.

— C'est dommage, dit-il tout de même. Cette disparition collective ferait un bon scénario, en rassemblant des matériaux. Les producteurs aiment ce genre de suspens. J'en parlerai autour de moi, quand j'irai aux States.

Les babines de Boulequier roulèrent sur elles-mêmes : on n'allait pas lui enlever une histoire à laquelle il avait participé ! Après tout, les témoins d'un événement en sont un peu les propriétaires, comme, en Mogdoulie, une femme appartient à celui qui, le premier, la dévoile. Et si quelqu'un à Zigliara connaissait la vérité toute nue, c'était bien lui, Boulequier !

Le détective n'intervint pas, il resta le nez au vent, laissant venir la bête.

— Parce que, il y a des trucs que personne n'a crachés, dans cette affaire, et pour cause : ils avaient tous les foies d'être soupçonnés, à propos des lettres anonymes.

— Des lettres anonymes ?

— Ouais. Lors de la dernière soirée où le Chambon se soit montré, il a bu comme un trou — quand sa femme n'était pas là, rien ne le freinait — et clac, aussi sec il nous a réenfourché son dada : LA VÉ-RI-TÉ, LA VÉ-RI-TÉ. Il a prétendu avoir reçu des messages d'un corbeau, il nous a même montré soi-disant le dernier : des morceaux de journal collés de travers — classique, quoi — ça disait juste : POURQUOI FERMER LES YEUX ?

On a tous rigolé : ça n'allait pas chercher bien loin, comme menace, et puis il nous les cassait depuis un petit moment déjà, on avait tous envie de les lui dire, ses quatre vérités. Il y en a même un, je ne sais plus qui, Tarin peut-être, qui lui a lancé : Ben qu'est-ce qui t'arrive, mon vieux ? Des ennuis ? Tu passes plus sous les portes ? Il est devenu tout blanc, je crois que le chir-den a été obligé de le reconduire chez lui : salut les héros ! Cela étant, il était tellement mytho, ce mec-là, il a pu aussi bien la fabriquer lui-même, sa pseudo-bafouille, histoire de délier les langues, de savoir LA VÉ-RI-TÉ, justement. Il devait avoir des soupçons comme quoi sa Laure, c'était pas celle de Pétrarque, si tu veux mon avis. Les gonzesses, de toute façon...

Il regarda Jacques en coin — son Hélène, tout pareil, hein, à minauder sur les remparts de Troie — puis sourit à Kronenbourg endormi, la bave aux lèvres : plus je contemple l'humanité, plus j'aime mon chien.

— Et toi, alors, pourquoi n'as-tu pas parlé aux flics ? Peur qu'on t'accuse, aussi ?

Boulequier se crispa au-dessus de son volant — mais pour qui le prenait-il ? Lui, quand il écrivait, il signait ! Le mirage d'une séance d'autographes traversa voluptueusement la route, puis le démiurge ajouta : Non, moi, je suis un anarchiste, ni Dieu ni maître, je ne collabore pas avec la police, point à la ligne. Mais pour en revenir à ton idée, ça m'intéresse, finalement, un script de thriller. Si quelqu'un me passe commande, je peux m'y atteler. O.K. ?

Le détective réfléchissait. Qui était le Corbeau ? Tarin, par méchanceté ? Fortin, par dépit d'avoir lui-même été trahi ? Boulequier en personne ? Une femme jalouse ? Les visages défilaient dans sa conscience à la vitesse des arbres le long de la chaussée, se brouillant peu à peu, tous identiques, traçant une piste sans issue, comme les marches d'un escalier qui tomberait dans la mer. Quel que soit l'auteur de ces lettres, si elles existaient, l'hypothèse initiale ne variait guère : l'amant (Boissières, qui d'autre ? Boissières et sa carabine, Boissières et la Simca Ariane, Boissières et son sourire 32 *bis*, Boissières et les femmes, Boissières et les os de méchoui), l'amant ainsi découvert, le faux frère, l'arracheur de dents se muait, par un concours de circonstances difficile à préciser, en assassin.

— Et toi, reprit Boulequier tandis qu'ils entraient dans le bourg de Tamarilis, t'es bizarre aussi, comme gars. C'est quoi, le film sur quoi tu bosses ? Un peplum ?

— Non, dit Jacques. Un polar aussi. Un genre de who-dunit.

Hors saison, le site romain n'attirait pas les foules. Des badauds déambulaient, escortés de mentors qui leur expliquaient en agitant les mains combien toutes ces peintures étaient vieilles — plusieurs siècles au moins. Le détective ne s'attarda pas sur les vestiges d'outils, de poteries, de fontaines, dont la dispersion rappelait quelque piteux marché aux Puces. La mosaïque d'Hercule constituait à l'évidence le clou de la visite, et pour la rendre plus admirable ou éviter qu'elle ne s'en aille en morceaux-souvenirs, on la tenait à distance par une clôture en fil de fer. Boulequier, sans doute écœuré de tant de passéisme, avait disparu. Kronenbourg furetait parmi les ruines, laissant lui aussi des traces de son passage ici-bas. Jacques allongea le cou par-dessus les barbelés. Le pavement était remarquablement bien conservé, les lacunes rares. Il suivit à rebours le parcours fléché : le héros domptait Cerbère, tuait la reine des Amazones, l'hydre de Lerne, le lion de Némée, et Jacques sentait une grande fatigue l'envahir. Qu'avait-il donc espéré ? ! Cette mosaïque illustrait à merveille son enquête ! À supposer que ces pièces aux couleurs ternies fussent comme les lettres d'un mot ou les mots d'une phrase, se trouvaient-elles assemblées dans l'ordre qui leur donnait sens ? Agencées autrement, n'offriraient-elles pas simplement aux yeux d'autres scènes où le bleu de smalt, le brun de Sienne, jouant des harmonies différentes, dessineraient de nouveaux personnages, non moins réels, non moins crédibles ? Prétendre déceler dans ces fragments le fin mot de l'affaire était aussi naïf que de croire obtenir le portrait-robot de quelqu'un en multipliant les témoignages ou, dans une ville inconnue, l'itinéraire d'un lieu en interrogeant plusieurs passants. Chacun y allait de son assurance, tout s'interprétait, tout et le contraire de tout... Gens et récits s'opposaient sans vergogne, se contrariaient, se disputaient, renvoyant l'homme perdu aux quatre points cardinaux, aux quatre coins du monde, à ses quatre vérités. Là n'était pas ce qu'il poursuivait ; son métier, son ambition le rapprochaient de Chambon, au fond, mais à jeun et sans esbroufe : lui ne mendiait pas, paume tendue, la vé-ri-té, il la cherchait — et puisqu'il la cherchait, il méritait de la trouver. Elle ne gisait pas à ses pieds, ni dans les reliefs de terre ni dans les trous du ciment, elle n'était pas faite d'éclats amovibles et multiples, mais tout d'une pièce. Pas d'arrangements possibles : il n'y avait qu'une vérité, parce que les événements ne se déroulaient que d'une seule façon. Voilà pourquoi, une fois de plus, il ignorait quoi raconter dans son rapport d'enquête ; car si les choses n'arrivent que d'une seule manière, il ne doit y avoir aussi qu'une seule manière de les dire.

À la buvette, il rejoignit Kronenbourg et son acolyte — tu n'as pas l'air inspiré, nota celui-ci en se grattant le nombril. Jacques acheta une carte postale — Hercule et Mégarée, détail. L'athlète, le visage décomposé par une haine meurtrière, brandissait une massue en direction d'une colonne qu'agrippait une main minuscule. De quel exploit s'agissait-il, Jacques n'en avait pas souvenir ; encore un meurtre, apparemment. Le bureau des entrées fermait. Ils regagnèrent le 4 X 4 poursuivis par une meute de marchands à la sauvette qui vendaient pour pas cher les pommes d'or des Hespérides.

XII

On n'avait rien connu de pareil depuis vingt ans. La lisière ténue qui distinguait la ville de la plage s'était encore effacée davantage sous l'effet de la tempête, et le sable, chassé par vagues sur l'asphalte, étouffait mouvements et rumeurs, semblable, dans le scintillement du soleil, à cette poussière de neige dont Zigliara ignorait tout. Le rythme vital avait une lenteur nouvelle : on traversait les rues sans regarder, on ne ramassait pas les feuilles ni les branches tombées des jardins sur les trottoirs, on ne balayait pas devant les portes ; les gens marchaient au ralenti, non pas découragés ou hébétés, mais déjà faits au contraire à cette situation inattendue, portant le poids du sable et la menace de l'enlisement comme un fardeau naturel dont Dieu — à son heure — ou les délivrerait ou les tuerait : hommes gros de leur indifférence à l'avenir, passants gravides du destin.

Jacques André se promenait une dernière fois du côté de la lagune. Le matin même, il avait reçu un télégramme de la Voilette, barré de ce seul mot : « Revenez. » Revenez, comme à un amant éconduit qu'on autorise à refaire surface après sa traversée du désert, comme à un amoureux à qui l'on pardonne de n'avoir rien compris, comme à un homme qu'on ramène à la vie après l'avoir laissé mourir. Malgré l'échec de sa mission, il était impatient de s'en aller. Certes, il quitterait Laure Nemours sans certitude de son sort ; cependant pour lui elle n'existait déjà plus vraiment, « revenante » elle aussi par courtes bouffées de mémoire, mais perdue, ombre parmi les ombres, et qu'il se retourne maintenant ou non pour tenter de la saisir n'y changerait rien. D'ailleurs, quand son visage lui apparaissait encore, toujours en fuite, c'était sa femme Hélène, dont les traits doux se superposaient aux siens, qu'il finissait par voir. Quant à la Voilette, à moins que Simone n'apporte des éléments inédits, elle avait lieu de ne pas être satisfaite, de lui reprocher sa défaite. Mais il s'en moquait : il partait, il était heureux de partir, de s'extraire des terrains mouvants de Zigliara. On ne bâtit rien sur du sable.

De toute façon il n'aurait pas pu rester. Le lendemain de l'« investigation souterraine » (ainsi qu'il était noté dans le compte rendu que Jacques avait dû lire *in extenso* au commissariat), l'inspecteur le lui avait signifié : « Il y a bientôt deux mois que vous êtes là, n'est-ce pas ? » avait-il remarqué en tordant le nez, du ton du grand patron qui ne constate aucune amélioration de votre cas et commence à juger que vous faites tache dans son service. « Il va falloir envisager de nous quitter, votre permis de séjour expire... Nous vous regretterons », avait-il conclu tandis que le détective, la rage au cœur, signait tel un avis de décès le procès-verbal selon lequel il avait eu des hallucinations à la suite d'un traumatisme crânien. « Vous voulez un café ? », avait aimablement proposé Bouarfa, comme on offre une pastille Valda à un tubard en phase terminale. « Aviez-vous perquisitionné chez Boissières au moment des faits ? s'était enquis Jacques à brûle-pourpoint — après tout, il devenait inutile de prendre des gants. Je me suis laissé dire qu'ils maniaient la carabine, Chambon et lui... Vous pourriez peut-être rouvrir l'enquête de ce côté-là et... » Un jus noirâtre tombait dans le gobelet, distillant goutte à goutte un fond d'espoir amer. Ils étaient debout devant le distributeur, des gens circulaient dans le couloir, l'air tous plus ou moins condamnés. Son interlocuteur, un instant interloqué, s'était ressaisi sans délai, il avait eu le sourire du méchant dans les séries B où le scénariste veut être sûr que tout le monde comprenne. « Nous n'avons négligé aucune piste, soyez-en persuadé. Ce matin encore, j'évoquais cette affaire avec M. de Boissières (il prononçait avec respect le nom du dentiste — celui-ci avait dû ravauder à l'œil les molaires de toute la dynastie bouarfienne), oui, je suis allé le voir à la suite de l'incendie qui a ravagé l'un de ses garages — pas celui de sa collection, heureusement — sacrés dégâts tout de même, la foudre a tout dévasté. Il m'expliquait à votre sujet que les chocs à l'occiput pouvaient, entre autres, endommager le nerf optique, les maxillaires aussi, paraît-il, mais c'est passager, n'en doutez pas. » Jacques s'était tu, sonné. « Allez, ne vous mettez plus martel en tête, avait résumé le policier. En ce qui concerne vos compatriotes, nous avons fait tout ce qui était en notre pouvoir. » Il l'avait pris par le bras et raccompagné à pas lents jusqu'au perron du commissariat comme s'il l'emmenait à l'unité de soins palliatifs. Le détective s'était retrouvé sous le soleil où rien de neuf ne semblait jamais devoir se produire, il avait un peu de sable au bord des lèvres et, en effet, quelque chose agonisait en lui sans remède, mais quoi ? « Bon retour chez vous, avait dit Bouarfa. Et revenez quand vous voulez. »

Dans les eaux du port, les trois troncs d'arbres ballottaient toujours sur les vagues. À l'aide d'une benne, un groupe d'hommes était en train d'en décharger un quatrième ; celui-ci glissa sur le plan incliné et tomba lourdement à la mer avec un bruit de corps qui se noie. Jacques s'approcha : ce n'était donc pas la cargaison échouée d'un naufrage ancien ; les troncs ne provenaient pas d'îles exotiques après des années de voyage au gré des courants, ils n'avaient connu ni singes, ni guépards, ni sauvages agiles vêtus d'un pagne. Non, c'était du bois d'ici qu'on plongeait quelques mois dans la saumure pour qu'il travaille avant d'en faire des boîtes, des porte-lettres, des cendriers, des échiquiers, des porte-clefs, des plats, et bien d'autres choses encore qu'il pouvait découvrir là tout de suite à gauche au fond de la ruelle, qu'il y aille de la part de Cadi et on lui ferait un prix d'ami — comment quitter Zigliara sans avoir seulement jeté les yeux sur son artisanat ? Il acheta un plateau marqueté pour Hélène, un plumier pour lui. Ainsi tout événement recevait-il une explication rationnelle, s'inscrivait-il dans une suite logique : à la fin tout perdait son mystère, les lointains rétrécissaient sous le regard, êtres et lieux se dépouillaient de leurs charmes, et les rêves de baobabs devenaient saladiers. Le palais Mosgam lui-même, là-bas sur la lagune, n'était plus aussi romantique. La tempête, en arrachant les dernières poutres de la galerie, en descellant davantage l'échelle de la piscine et les rampes rongées de l'escalier, avait créé des vestiges tout neufs, dissimulant sous de nouveaux décombres la patine du temps ; le palais était certes un peu plus écroulé qu'auparavant, mais sa destruction semblait récente, artificielle comme une copie de meuble ancien à quoi l'usure manque : la beauté des ruines avait en quelque sorte disparu sous les ruines.

Il rentra à la villa *Les Vagues*. Au bout de la rue, Michèle Durand se tenait sur son perron avec Gérard Tarin, ils riaient, elle avait l'avant-bras replié devant elle, la main posée sur le cœur du directeur, elle l'aimait bien. Au premier étage, Hélène était en train d'écrire, elle tourna la page au moment où il franchissait le seuil, il l'embrassa sur le haut du crâne, justement il avait rapporté un plumier, pour les stylos. La capitainerie du port lui avait confirmé que le SCHÉHÉRAZADE partait le lendemain, il ne restait qu'à boucler les valises, mais on avait encore du temps ; in in, dit Hélène. Il remonta le thermostat du radiateur et la laissa finir son courrier.

En bas, le salon était glacial. Il s'assit dans un fauteuil, feuilleta son carnet sans vraiment s'arrêter sur rien, se renversa en arrière, yeux clos — il avait envie d'une cigarette. Que s'était-il passé, trois jours durant, entre ces quatre murs ? Qu'avait fait Chambon, enfermé là avec sa femme et son fils ? Après les lettres anonymes, avait-il cuisiné Laure jusqu'à ce qu'elle avoue ? Mais qu'avait-elle avoué ? Avait-elle prononcé le nom de son amant, déclenchant ainsi le dernier coup de fil ? Et pourquoi celui-ci serait-il venu les assassiner tous les trois au lieu de s'expliquer — entre gens de bonne compagnie ? Certes Robert de Boissières devait avoir le sang chaud malgré ses airs anglais, mais au point de tuer ? D'ailleurs, où se trouvait l'arme à ce moment de l'histoire ? Le dentiste ne l'avait tout de même pas apportée sous le bras, bonjour, je passais dans le coin avec mon fusil à pompe et je me suis dit : Tiens, si on essayait quelques cartons... Chambon la détenait-il chez lui (mais c'était dans le garage de l'autre que Jacques l'avait découverte, et c'était dans son parc que les deux amis s'amusaient à tirer) ? Et où, pendant cette période, s'intercalait la visite de Chambon à la bibliothèque ? Le détective, nouveau Thésée, tentait de suivre jusqu'au bout un même fil, mais tout s'embrouillait en écheveau, et il repartait dans une autre direction. Qui était le corbeau ? Toutes ses réflexions antérieures le ramenaient à Daniel Fortin : ses mines de curé en extase devant la Création cadraient si mal avec la déception de l'homme sitôt marié que trompé ! En réalité, il le voyait très bien, juste avant la messe ou le cours de guitare, coller des lettres sur une feuille en tirant la langue comme un écolier qui s'applique ; en outre, Chambon avait peut-être, ainsi que Boulequier l'avait un jour laissé entendre, lutiné son épouse, suscitant cette vengeance... De toute façon, cela ne résolvait rien : le corbeau est rarement l'assassin. Sur la table, le corps galbé s'étirait de la glaise vers le ciel. Que s'était-il passé ? Comment pouvait-on en arriver à supprimer une femme si belle ? Il appuya les doigts sur ses globes oculaires, tout sombra dans l'abstraction. Quand il reprit possession du monde, Hélène descendait l'escalier.

Elle ne part pas avec lui. Elle veut rester là, à Zigliara, dans cette villa si possible, elle donnera des leçons de chant aux enfants du Centre culturel, elle aura ainsi un petit contrat de travail qui lui procurera l'autorisation de séjour — Tarin est d'accord, elle... « Je ne te suis plus », dit-il, et une boule de culpabilité dure comme fer lui coupe soudain la respiration : depuis quelque temps, c'est vrai, il a cessé de la suivre, il y a eu un défaut dans la filature, une relâche de l'attention, une légère négligence et frout ! voilà qu'elle lui échappe, que déjà il est à bout de souffle, et pour la rejoindre il peut toujours courir. Il est pâle, ses mains tremblent un peu. Elle ne veut pas dire qui est l'autre, elle préférerait qu'il n'insiste pas, et peut-être a-t-elle raison : ce qui compte, c'est de mourir, et non ce qui vous tue. Elle a du mal à s'exprimer, mais elle sait qu'elle veut rester. L'autre n'a fait aucune promesse, pourtant, non, elle n'a aucun projet précis avec lui. Même (elle ne dit pas cela, elle le pense), il est probable que l'histoire va tourner court, d'ailleurs elle ne lui a pas confié sa décision de s'installer dans la ville, elle ignore s'il le souhaite. Elle est allée le voir le matin à son bureau, il était en train de téléphoner dans le cadre professionnel, elle s'est assise en face de lui, a regardé ses mains, ses yeux qu'il détournait vers un dossier griffonné, il ne paraissait pas hâter la communication, à un moment il a juste souri, il a bouché le combiné de sa paume et il a dit — mais fallait-il vraiment attacher de l'importance à de tels mots ? — il a dit : « Je suis à toi. »

Elle a bien réfléchi, oui, elle ne part pas. Comment expliquer... ? C'est comme un livre dont elle n'aurait parcouru que quelques pages : elle veut le lire jusqu'au bout, savoir la fin, fût-elle triste ou tragique, ou simplement nulle. Le récit reste à écrire, à conclure. Son titre est *L'Avenir* et sa narration presque entièrement au futur ; elle le conçoit un peu à la façon d'un conte initiatique, d'un mythe jalonné d'épreuves : elle doit en apprendre quelque chose. Elle ne cache pas qu'elle a peur : c'est peut-être, en effet, l'un de ces romans modernes où les héros échouent et où les amants ne sont pas dignes d'être aimés.

Dans deux semaines, par exemple, elle se rendra compte qu'elle est enceinte. Après vérification, elle l'en informera. Il sera très occupé, il aura un déplacement impromptu à effectuer dans le nord du pays, une mission de quinze jours au moins. Lorsqu'il reviendra, elle n'attendra plus d'enfant, elle n'attendra que lui. Ils se tiendront dans le salon du bas, comme vidé depuis qu'il lui aura suggéré d'en ôter les hideuses statues, il glissera langoureusement à ses genoux et, d'une voix nostalgique et vibrante, il lui dira qu'il regrette, qu'il aurait voulu qu'elle le garde. Les larmes monteront. Mais triompher de cette épreuve consistera à bien comprendre le sens de ses paroles. Il ne faudra pas y décrypter à l'aveuglette du remords, du désespoir, l'aveu d'une passion ; ce sera plutôt, sorti d'une bouche galante, comme on s'écrie qu'une robe sied à ravir ou un chapeau à merveille, avec juste ce rien d'innovation que se permet l'homme entraîné, ce sera seulement, flottant sans intention de s'y inscrire à la surface du monde, un compliment.

Le présent dure une éternité. Elle se tait, son vis-à-vis mâche et remâche sa lèvre inférieure comme une vengeance. Il a envie de la tuer, de la supplier, de l'embrasser. Discuter ? Elle est trop calme, et puis les mots lui manquent. Il ferme les yeux, POURQUOI FERMER LES YEUX ? Les lettres noires de taille inégale dansent devant lui. Pardonner ? Elle ne le lui demande pas, sans doute parce qu'on ne pardonne que les histoires finies ; elle conserve, semblable à un masque, un visage d'ange buté. De toute façon, c'est impossible. Il se la représente nue avec l'autre, le corps couleur de glaise tendre. Jadis, une très ancienne torture chinoise consistait à sectionner les paupières pour empêcher le noir, l'oubli. Il est ce supplicié, il souffre autant ; dans une lumière douloureuse, il fixe chaque détail, enregistre chaque seconde du temps qui passe : il ne peut pas fermer les yeux.

On sonna. Le facteur était un tout jeune homme, il apportait un courrier en exprès, « de Paris », dit-il en haletant comme s'il était allé lui-même le chercher là-bas à petites foulées ; il tendait sa main libre, ça valait bien une récompense.

Hélène n'était plus dans la pièce. Simone avait exécuté les ordres, elle avait filé la Voilette depuis le bureau de poste de la rue de Rennes. Celle-ci s'était arrêtée devant une librairie, avait regardé la vitrine consacrée aux ouvrages sur l'Antiquité, en avait consulté plusieurs à l'intérieur, avait examiné le contenu de son portefeuille avant d'acheter un dictionnaire de mythologie gréco-romaine bon marché. Puis elle avait déambulé au hasard des rues (pénétrant seulement à nouveau quelques minutes dans un bureau de poste — guichet des Télégrammes) jusqu'à cinq heures, heure à laquelle elle avait franchi le seuil de... la Centrale pénitentiaire, où elle s'était engouffrée avec la rapidité insolente de qui vous glisse entre les doigts comme par un immeuble à double entrée

Simone avait mis deux jours pour obtenir des renseignements (ce n'était pas son travail, entre parenthèses, elle était simple secrétaire, rémunérée en tant que telle, et encore...). La femme séjournait à la Centrale depuis un an, elle y avait été transférée de la maison d'arrêt de Rouen. Condamnée à six ans de réclusion pour le meurtre de son amant, un certain Jacques quelque chose, elle bénéficiait depuis quelques semaines d'un permis de sortie hebdomadaire. Le maton n'avait pas voulu révéler son nom (il l'aurait certainement fait avec un bakchich, mais Simone refusait d'en être en plus de sa poche). Elle lui avait juste soutiré que la détenue était « un genre d'intellectuelle » un peu... — il avait agité les doigts en grelot à hauteur de sa tempe. À l'exception de la gestion de la bibliothèque, ouverte quelques heures par jour, elle ne participait à aucune des activités habituellement proposées ; elle restait dans sa cellule, environnée de paperasses et de bouquins, à rêvasser et à gribouiller sur des cahiers d'écolier. — Qu'est-ce qu'elle écrit, d'après vous ? avait demandé Simone, fin limier. Le gardien s'était gratté le lobe de l'oreille, avait gonflé les joues, haussé les sourcils, émis une espèce de pet sonore à travers les lèvres, puis, après avoir laissé mûrir une réflexion dont l'intensité dilatait les veines de son nez et rétrécissait ses pupilles :

— Je sais pas, moi, avait-il hésité. Elle écrit... un livre ?

II

Nous larguons des voiles au bout des M capitales
car il y a la Mer et les Marins
les Mâts de Misaine
les Murs
le Monde
et la Mort

GUY LÉVIS MANO

MANUSCRIT

Jacques A. n'a pas été aussi brillant que je l'avais espéré, c'est un fait. Cela vient surtout de ce qu'il s'est obstiné à vouloir me livrer une enquête bouclée et non les détails de sa progression, qui seuls m'intéressaient. Évidemment, je ne peux pas le lui reprocher : comment aurait-il su que ses conclusions n'avaient aucune importance, que je me chargerais moi-même du dénouement ! *Tu lui as enjoint de revenir — Revenez, as-tu télégraphié, comme si tu pensais le revoir, comme si tu ignorais qu'une tâche t'attend où il n'a plus aucune part, comme s'il avait été durant ces quelques semaines autre chose qu'un auxiliaire de seconde zone, l'équivalent pour toi d'un dictionnaire pour un roman.*

J'ai établi des fiches d'après ses rapports et je les ai classées par ordre alphabétique. Ce matin, en retirant le plateau-repas, le maton a jeté un œil sur la table où j'avais éparpillé mes feuilles : ENFANT, LAGUNE, OLÉ-OLÉ..., il doit se demander ce que je fabrique. J'ai aussi épinglé au mur la mosaïque de

Tamarilis envoyée par mon private eye, *c'est la première carte postale que tu reçois de Zigliara, et elle est signée Jacques, preuve que tout ce qu'on invente finit par être vrai.* D'ailleurs, je suis injuste avec lui : sa carte — choisie au hasard, certes, mais lui-même n'a-t-il pas été choisi au hasard ? — m'a permis de mettre en place la fin du livre, dont j'avais besoin pour le commencer. *En ce qui concerne Jacques, tu savais bien qu'il faudrait le sacrifier, tu savais depuis le début qu'écrire serait un jeu de massacre. Il te manquait seulement le dénouement de l'histoire et d'une certaine manière, il te l'a fourni.* En effet, jusqu'ici je n'avais guère relevé le fait que le bibliothécaire planchait sur la mythologie — du moins cela devait-il demeurer anecdotique. Et puis j'ai eu l'idée de me renseigner sur Hercule et sur ce Mégarée inconnu au bataillon des héros grecs. Bien sûr, le dictionnaire consacre l'essentiel de son article aux douze travaux, et seulement quelques lignes à ce qui les a justifiés : on se doute qu'Hercule ne les a pas accomplis pour le plaisir, mais presque personne ne se rappelle ou n'a jamais appris leur origine, comme si on voulait oublier que les héros passent leur temps à expier une faute ou à exorciser une souffrance.

Mégarée n'est pas un homme, c'est une femme. Sur le dessin de Tamarilis, l'un des rares consacrés à cet épisode, on ne distingue que sa main agrippant une colonne : corps caché, crispé, qui tente de parer le coup, ou bien consentant, tête renversée sur le marbre, yeux clos, en prière, en attente, en extase ? Il ne s'agit plus de le savoir, mais de l'imaginer. Le livre, lui, résume la version officielle, celle d'Euripide, la plus ancienne aussi, la seule qui ne taise pas la faiblesse d'Héraklès, sa vérité.

(Cf. p. 241.) La princesse Mégarée était son épouse. Il l'aimait, ainsi que les fils qu'elle lui avait donnés, « car les hommes sont partout les mêmes, tous aiment leurs enfants ». Un jour, en un moment de folie, il les tua sauvagement, laissant du sang partout dans sa maison. Revenu à lui, il voulut se faire justice ; mais Thésée, son ami, l'en empêcha ; il lui saisit les mains, les étreignit : par ce geste, il partageait son crime. « Mets tes bras autour de mon cou, dit-il. Je te conduirai. Nul mortel ne traverse sa destinée sans blessures. » Et l'autre le suivit comme la barque à la remorque.

(Chapitre 14, notes.)

Il y a quarante-huit heures qu'ils ne sortent plus de la villa. Simon a montré à sa femme les messages anonymes, elle a haussé les épaules, mais il a lu dans ses yeux qu'elle était loin. Elle a posé sur sa tête une main machinale, puis elle est remontée au premier avec leur fils — elle ne voit donc pas qu'il a mal, qu'il se fait des cheveux blancs. Il lui en veut de tant d'indifférence ; il reprend un bourbon, elle le lui paiera. Il fixe longtemps les roses de l'étiquette, ou la courbe d'une statue, ou le fusil qu'il a ramené de chez Robert pour le nettoyer et qui n'a pas bougé de l'angle du mur où il l'a posé en rentrant, quelques jours plus tôt. Tout se tait dans la maison — ni rires, ni musiques, ni même paroles. Il faudrait parler, au contraire, c'est la seule solution. Ce sont les mots qui manquent. Il crie, il appelle Laure du bas de l'escalier. Son visage défait paraît au-dessus de la rampe, elle hésite, puis elle descend les marches comme si elle allait sortir pour une course urgente. Elle s'assied pourtant en face de lui, regarde les dessins du tapis, ses lèvres s'ouvrent.

Elle ne l'aime plus.

Comme certains enfants qui, lorsqu'ils vont pleurer après une blessure ou une chute, restent d'abord un long moment la bouche ouverte, le visage figé en une expression d'intense attention, il a l'air de réfléchir à sa douleur. Plus le silence dure, plus la réaction tarde, et plus l'éclat s'annonce violent. Il n'est pas certain de bien comprendre. Est-ce que la vie peut s'écrouler d'un bloc en produisant juste un peu de poussière, être arasée aussi brièvement qu'un immeuble par un obus de mortier ? Oui, sans doute. Et pourquoi a-t-il si peur ? Ne sait-il pas qu'il faut payer — jusqu'au passeur des Enfers qui, dans la fable, réclame son dû ! Et puis là-bas, à Beyrouth, on ne faisait pas tant d'histoires avec la mort... Il prend le fusil. Laure s'est levée, elle tient à deux mains la tête de la plus grande statue, sa plus récente sculpture, la mieux réussie, celle qui a séché des jours au soleil de midi. Elle parle, mais comme à elle-même, comme à un miroir confident et magique qui approuverait ses décisions, sa voix est basse, terne, elle lui tourne le dos, il n'a plus de place nulle part, et lorsqu'il appuie sur la détente, c'est, littéralement, pour diminuer la pression qui envahit la pièce, et lorsqu'il tire, c'est afin de ne plus chercher dans ses paroles un reste absent d'amour pour lui. Elle plie les genoux, le cou se casse net entre ses doigts, elle glisse sur le carrelage. Il voit rouge, il a du sang aux yeux. Tristan se tient sur la dernière marche de l'escalier. Il y a des semaines que cet enfant est le complice de sa mère, qu'il s'enferme avec elle dans un mutisme hypocrite. Papa ? dit-il — il se mord la lèvre, devant son père armé et sous le coup de la détonation il n'a pu s'empêcher d'interroger, d'attendre une réponse. Qu'il a bien œuvré, pourtant, depuis le jour où il a fait vœu de silence ! Il a détricoté maille après maille tout le tissu des mots appris, cela a été long et difficile car la trame était déjà dense, avec des dessins, des jacquards, des broderies compliquées — il aurait fallu commencer plus tôt, mais il n'en a que plus de mérite. Il s'est ainsi trouvé avec une grosse pelote entre les mains, dont les reflets moirés faisaient scintiller une sorte de mystère, et plus il remontait en amont du langage, plus il suivait le fil qui le ramenait à sa source, plus cette énigme perdait de son opacité. Quelque chose venait à lui comme un poisson au bout d'une ligne, ou bien il était lui-même entraîné comme par son chien à l'extrémité de la laisse vers une révélation merveilleuse, un trésor enfoui quelque part sous des tombereaux de paroles, quelque chose qu'on avait voulu lui cacher derrière le rideau serré des mots et qu'il conquérait par sa seule vaillance, celle des héros. En bas de l'escalier, il touche au but. Papa ? crie-t-il pourtant. Puis il descend la dernière marche, et le fil rembobiné s'arrête là, à l'angle du canapé. Ci-gît le premier mot, articulé jadis pour l'amour d'Elle mais dont il se souvient qu'il l'a d'autres fois prononcé — hurlé un jour au sommet du grand huit ou au bord d'un très haut plongeoir d'où il voyait l'eau terrifiante. Il n'a plus peur maintenant, ce ne sont que deux syllabes anodines, deux petits brins de laine qui frisent encore dans le silence tel le fil d'Atropos juste après la coupure de la mort, il s'agenouille, son chien aboie, gémit. Il écarte une mèche de cheveux blonds — les mots sont faux, les mots sont inutiles. Maman, dit-il.

(P. 105.) THÉSÉE : type même du héros de l'Attique, puissant et séducteur, à la fois superbe dompteur de cavales et grand amateur de femmes, « traînant tous les cœurs après soi », frivole et oublieux. Mais le fils d'Égée s'imposa aussi dans la mythologie comme la figure la plus noble de l'amitié. Ce fut lui, par exemple, qui sauva Pirithoos et son épouse, menacés le soir de leurs noces (voir p. 59 le récit d'Ovide adapté par Camillus), lui encore qui, par une étreinte symbolique, délivra d'une faute inexpiable son compagnon Héraklès, coupable d'avoir tué Mégara et sa descendance (voir article Hercule).

Sa fidélité l'amena parfois aux limites extrêmes du danger, face au minotaure bien sûr, mais aussi aux Enfers d'où il réussit pourtant à revenir après être parvenu à s'arracher de la « chaise de l'oubli » traîtreusement offerte par le seigneur des lieux...

Vingt minutes après l'appel de Simon, Robert de Boissières arrive à la villa *Les Vagues*. Il n'a posé aucune question par téléphone, la voix lui a suffi à pressentir le drame. Depuis quelque temps déjà, le bibliothécaire ne va pas bien : ses cheveux subitement blanchis, ses saouleries répétées, ses provocations, ses silences déchirés de reparties cinglantes, jusqu'à cet arrêt de travail bidon qu'il lui a réclamé trois jours auparavant, tout cela, Robert l'a noté mais sans l'interpréter : la psychologie n'est pas sa tasse de thé, d'ailleurs Simon n'a pas cherché à se confier.

Il n'y a plus rien à faire, pas de médecin à appeler, pas de soins à donner. Robert de Boissières saisit les deux mains du meurtrier, inertes, paumes vers le ciel, il le secoue, il lui lisse le front du bout des doigts, il va l'aider, il va s'occuper de tout, mais il faut réagir, avoir le courage de vivre — il écarte l'arme, elle est encore chargée — il faut vivre, Simon, VI-VRE. L'autre pleure à gros sanglots, rit par saccades : il ne demande que ça. La vérité tant exigée est contenue tout entière dans ce constat : il lui est impossible de mourir. La scène évoque une sorte de suicide collectif, les morts sont à terre, mais ils ne paraissent pas surpris. Même le chien a l'air d'accord. Peut-être Laure a-t-elle souhaité en finir, peut-être ont-ils décidé ensemble d'en rester là, parce que l'enfant était malade, ou qu'ils vieillissaient, ou qu'ils ne s'aimaient plus, ou que la vie était pourrie et qu'il fallait, de toute façon, payer le bonheur disparu. Peut-être, pour des raisons différentes, se sont-ils entendus, elle et lui, sur ce point final. Et puis il n'a pas pu, les ayant tués, retourner l'arme contre lui. Il s'est agenouillé près de sa femme. Elle ne l'aimait plus et elle le lui avait payé ; elle ne respirait plus, il n'avait plus de raison de mourir. Tristan et le chien gisaient enlacés ; en les supprimant, il avait supprimé les causes de toute sa souffrance. Il a empoigné le téléphone, appelé Robert. Celui-ci n'aura jamais le détail de la tragédie, car en quelques heures ils vont se séparer pour toujours. Mais l'homme qui lui ouvre la porte, ce soir-là, malgré la protestation et les larmes, respire le désir de vivre : il ne veut pas, il ne peut pas payer. Vivre n'a pas de prix.

Robert de Boissières organise sa fuite. Il enterre les corps, nettoie le sol, reprend le fusil. Simon ne veut rien emporter, sinon une statue de Laure qu'en définitive il abandonnera dans le garage de son ami — elle se serait cassée, de toute façon. Dès que la nuit est noire, ils sortent. Le dentiste va sur le port hâter l'embarquement d'une Austin Healey 100/6 qu'il a vendue à un confrère turc en échange d'une Jaguar Mark VII M — il s'est sans doute un peu fait rouler, mais il avait très envie de ce modèle —

sa voiture doit partir au petit matin sur un cargo en route pour Chypre, Simon sera caché dans le coffre jusqu'à la pleine mer, le capitaine n'y voit pas d'inconvénients, simplement on paie d'avance. Pendant ce temps, Simon tient à se rendre à la bibliothèque : il a des papiers à récupérer, dit-il. S'agit-il de documents compromettants, d'un journal intime dont la découverte éclairerait la police, de lettres ? Le dentiste l'ignore. Il le laisse y aller.

Le bibliothécaire erre quelque temps parmi les rayons. Il n'allume pas la lumière. L'un de ses illustres prédécesseurs, aveugle, n'a-t-il pas assuré qu'on lisait mieux en soi dans le noir ? Il caresse du bout des doigts les reliures des histoires d'amour, les couvertures plastifiées des livres de poche, classés par ordre alphabétique. Se peut-il que tout ce qu'il vient de vivre soit vrai quand tant de choses sont inventées ? Se peut-il qu'il soit plus lâche que dans les pires cauchemars de Borges ? Près de la fenêtre aux rideaux tirés sont regroupés tous les romans policiers. Il s'y arrête. Quel Arsène Lupin se penchera bientôt sur le mystère de sa disparition ? Quel privé noiera dans le bourbon le désir de retrouver Laure ? Quel enquêteur chevronné, après avoir exploré un à un les quatre points cardinaux, suivra jusqu'ici sa boussole, au cœur de la vérité et du néant ? Quiconque vienne, il faut l'aider un peu. Il prend sur la rangée des M autant de livres que ses bras peuvent en contenir et les disperse aux quatre coins des travées. Puis il s'immobilise devant ceux qui commencent par R et, méthodiquement, les repousse de la main tout au fond de l'étagère, contre le mur. C'est une petite bibliothèque, sa désorganisation doit vite sauter aux yeux : R recule — M égaré. Pour faire bonne mesure, il arrache les pages correspondantes dans l'*Encyclopédie des Mythologies*. Il a d'abord pensé les désigner par un signet, mais à la réflexion l'absence est tellement plus éloquente que la présence. Se sent-il moins lâche de fabriquer derrière lui des traces qui le dénoncent ? Ou bien simplement ne veut-il pas s'enfuir sans laisser à quelqu'un la possibilité même infime de découvrir ce qu'il a toujours cru être le but et le sens de sa vie : la vérité, LA VÉ-RI-TÉ, m'ssieurs dames, par pitié.

Tu as toujours su que Jacques ne trouverait rien. Avant même de te rendre à son agence, avant même d'avoir une idée précise de la composition de ton roman, tu avais décidé qu'il échouerait. Ou est-ce seulement après l'avoir vu ? Est-ce que tu l'aimes ?

Le maton vient d'ouvrir la porte, mais je n'ai pas envie d'aller à la promenade. J'irai tout à l'heure m'occuper de la bibliothèque — il n'y a jamais foule au service du prêt, à peine quelques ombres errant parmi les livres en quête de quoi ? J'en profiterai pour récupérer le dictionnaire étymologique et le grand Atlas, dans lequel j'ai certains points à vérifier. Si on photographiait le « cadre » du texte en cours (le titre m'échappe encore, il s'imposera plus tard, il devra simplement renvoyer non pas tant au contenu du récit qu'aux conditions mêmes de son écriture, définir du roman non ce qu'il dit, mais ce qu'il est), sur cette photographie, donc, on recenserait deux ou trois ouvrages encyclopédiques, un planisphère, le *Théâtre* de Claudel, des cassettes de Verdi et le livret de *Carmen*, entre autres choses pêle-mêle dans l'ébauche, sans compter les lettres de mon privé, bien sûr, et quelques cartes géographiques.

C'est évidemment stupide de compter sur l'Atlas pour te donner une idée de la mer ; mais il y a si longtemps que tu ne l'as pas contemplée, surtout au large des côtes : tu ne te souviens plus de ce qu'on voit d'un bateau, ni du mouvement des vagues, ni de la brume, ni du sel, ni de la nausée, ni de l'ivresse factice d'être libre. Tout cela cependant, tu dois le retrouver puisqu'à la fin Simon s'embarque et, d'abord caché, espère, pour renaître, le franchissement de frontières invisibles. Alors, debout sur le pont, sans doute il souffre, mais autre chose que le vent le pousse à vivre. Tu peux suivre du doigt son voyage sur les hauts fonds presque noirs du planisphère. Et pourtant, quand tu y rêves, ce n'est pas Simon qui s'accoude au bastingage dans l'attente des rives de Chypre ; c'est Jacques qui, au contraire, revient par ici entouré de soleil et d'embruns, pourquoi lui dont le retour n'ajoute rien à l'histoire, dont le destin ne pèse rien, ne promet rien, pourquoi lui debout sur la mer, lui qui dans ses lettres ne t'a pas écrit un mot sur la mer ?

Tu ne l'aimes pas. Cela est impossible : tu l'as vu un quart d'heure à peine. Le plus drôle, d'ailleurs, c'est que de tous les personnages qui depuis des semaines habitent avec toi, il est le seul dont tu ne saches rien. C'est logique : un détective n'a pas à figurer dans ses propres rapports ! Tu butes sans cesse contre ce paradoxe, quoique sa résolution ne t'appartienne pas plus qu'à lui : le seul homme que tu aies rencontré dans le monde réel, le seul qui t'ait parlé, écoutée, regardée de ses yeux dont tu n'as pas oublié la couleur, celui-là est aussi le seul que tu doives entièrement inventer ! Et tu te fondes sur trois fois rien ; par exemple, si ça se trouve, il n'est même pas accompagné, ni à Zigliara ni jamais : l'anneau que tu as vu à son doigt ne prouve rien, pas plus que la photo dans son portefeuille... Tu t'es tout de suite mise à broder, voilà tout. Et tu as décidé qu'il échouerait sur toute la ligne. Tu ne veux pas qu'il atteigne la vérité. Tu veux qu'il reste perdu dans la vie, inopérant, au bout du rouleau. D'ailleurs, si tu as choisi de l'envoyer à Zigliara, si tu as fait de ce lieu que tu ne connais pas une lagune aussi abandonnée, c'est uniquement parce qu'en mogdoulien — tu l'as lu dans un livre — Zigliara signifie « ce qui est susceptible d'être accompli » (mais pas par lui) et, dans une autre acception, « celle qui trahit ». Tu écris pour le trahir, pour le détruire. Peu importe qui il est vraiment puisque tu vas changer jusqu'à son nom, dont tu ne conserveras que l'initiale, A, et la consonance bien française (tu ne comptes pas l'enrichir d'une ascendance italienne ou d'une hérédité complexe, d'une enfance à la DDASS ou d'une naissance aristocratique, et puis quoi encore ! Tu n'as pas l'intention de lui donner un passé, il s'agit plutôt de lui enlever l'avenir), désormais il s'appellera donc M. Albert, ou Ancel, ou André. Quelque chose dans ce goût-là. Le seul détail véritable que tu garderas, c'est son prénom. N'a-t-il pas présidé à son choix ? Et puis tu tiens à « Jacques », tu aimes « Jacques ».

Il est l'heure d'aller ouvrir la bibliothèque. Ne pense plus à lui. Oublie ses yeux, reporte ton attention sur cet homme que la mer emporte et ne lâche pas l'ironie qui, de toutes les manières de souffrir, est la plus noble : si tu laisses à Jacques une issue de secours, que ce soit encore une voie de garage, un dernier pied de nez. De toute façon, un jour l'amour cesse. À ce moment-là, tu le sais et le souvenir t'en déchire, la beauté disparaît. Oublie dès maintenant le regard de Jacques : un jour, de toute façon, ses yeux seront verts comme des poireaux.

MER

À midi, il s'est assis dans le vieux transat délavé du pont supérieur. Il n'avait encore rencontré personne, que le capitaine un peu plus tôt dans la coursive — ils avaient feint tous deux de ne pas se voir. Il a ouvert la revue offerte par Robert de Boissières peu avant le départ, *Thoroughbred and Classic Cars*, une revue anglaise naturellement, en langue soutenue et sur papier glacé, « loisir et culture pour le voyage », avait dit le dentiste d'un ton sérieux, et de fait, comment occuper son temps sur ce rafiot, sauf à regarder la mer jusqu'à s'y perdre ?

En principe, il n'y avait plus qu'une place vide à table, donc ce devait être lui : le cuisinier s'est avancé jusqu'à l'écoutille, a mis ses deux mains en porte-voix et a crié d'en bas que le déjeuner était servi. Le type n'a pas bougé. Il tenait un magazine, mais ses yeux semblaient fixés bien au-delà. Recroquevillé dans sa chaise longue, les cheveux tout blancs et le visage creux, il ne semblait pas au mieux de sa forme. Le mal de mer, peut-être.. Le cuisinier a appelé une seconde fois, hésitant à monter les marches — on n'était pas les croisières Paquet. Au moment où il allait renoncer, le voyageur a tourné la tête dans sa direction et s'est levé. On eût juré un tour de passe-passe, un truc de magie amoureuse dans un conte (bien que le soleil ait sans doute à lui seul joué ce tour) : ce n'était plus le roumi malingre et vieillissant de tout à l'heure, mais un blond dans les trente, trente-cinq ans plutôt baraqué, avec un regard vert comme on n'en croise pas souvent en Mogdoulie. Heu, a bredouillé le cuistot intimidé, je venais voir si mon, si vous... — il a brandi un morceau de papier, menu du jour ou liste des passagers, il n'avait jamais vu des yeux si tristes — si vous voulez... — il a désigné du doigt l'étage inférieur — enfin bref, c'était l'heure de se mettre à table. Oui, a dit Jacques.

La salle à manger était occupée par une délégation de botanistes hollandais qui retournaient vers leurs polders par le chemin des écoliers. Pas plus que leurs prédécesseurs sur le terrain, ils n'avaient trouvé remède à la lèpre dont mouraient les palmiers, et ils rentraient chez eux présenter leurs conclusions dans des revues spécialisées. Jacques s'assit au bout de la table, à l'écart, il avait besoin de solitude. Le menu donnait le choix entre deux entrées. Vous avez réfléchi ? a demandé le garçon de derrière son judas. Jacques a maugréé une réponse. S'il avait réfléchi ? Et comment ! Depuis le courrier de Simone, il n'avait pas cessé de réfléchir, et la vérité commençait de lui apparaître.

La Voilette l'avait manipulé. Emprisonnée, elle l'avait envoyé au hasard dans le monde, outre-mer, à seule fin de rechercher pour elle non des personnes mais des idées, des images, ou même seulement des mots peut-être, des mots dont le halo aboutisse à un livre. Il s'était démoli en quête du néant pour qu'elle remplisse des pages ! Il avait voyagé, s'était forgé une identité nouvelle, avait perdu tous ses repères, tous ses ancrages, tandis qu'elle inventait une histoire ! Chasseur de lieux, tu parles ! Chasseur de mots, oui, passeur de phrases ! Et lui qui s'était ému de ces disparitions insensées dont l'explication dépendait de sa compétence, alors que tout l'enjeu n'était qu'un livre : c'était ce qu'on appelait se faire un sang d'encre ! Il avait été un pion sur l'échiquier, ou, plus exactement, un signe de l'alphabet dans le texte : déplacé ici ou là pour jouer son rôle, à la fois indispensable et impuissant, accessoire et essentiel, manié en vue d'une expression mais n'exprimant rien à lui seul, quantité négligeable, lettre morte, iota. Et maintenant, que devenait-il ? Zigliara avait creusé dans son cœur un manque impossible à combler, une lacune. Si encore il avait pu brandir la justice faite ou la vérité proclamée... Mais quoi ? Avant de quitter la ville, il avait demandé à Robert de Boissières de le conduire à l'embarcadère. Faute de preuves, il voulait du moins lui laisser entendre qu'il avait tout compris, qu'il n'était pas dupe. « Je sais que c'est vous », lui avait-il dit sans plus, devant la passerelle. Robert n'avait pas répondu, il avait juste plongé dans ses yeux un regard bleu interrogateur et narquois, vous qui ? le héros, l'amant, le traître ?, est-ce qu'on le saurait jamais autrement qu'en cauchemar ou en rêve ? Jacques avait pris le magazine que l'autre lui tendait, et il était parti. « Oubliez tout », avait crié le dentiste tandis que s'éloignait le SCHÉHÉRAZADE — ou peut-être, noyé dans le vent, « oubliez-nous »...

Pour le vin, il fallait payer un supplément. Jacques a sorti son portefeuille. Sous le rabat plastifié, il conservait depuis leur mort une photographie de ses parents, debout, l'air godiche, devant la maison familiale en Normandie, le chien à leurs pieds. Il y avait déjà longtemps qu'ils avaient *disparu*. Il portait toujours l'alliance de son père à la main gauche, mais il n'avait plus de chagrin. « Oublier » ? C'était en effet une solution : fermer les yeux sur le passé, sur la trahison, sur le mensonge. Se taire, enterrer sans arrêt sa propre vie. Il a feuilleté la revue automobile. En page 2, elle proposait de participer à un concours d'élégance organisé dans le Bordelais au profit de la P.D.S. — Parkinson's Disease Society : « Plus de 100 000 personnes souffrent de cette maladie dans le Royaume-Uni, s'alarmait le rédacteur. Elles ont besoin d'aide pour surmonter les terribles handicaps qui affectent tous les aspects de la vie quotidienne. *Activities such as walking, talking, making the tea, become major causes of tremendous anguish and distress.* » Les lecteurs étaient donc invités à sortir leurs Rolls pour lutter contre la déchéance absolue qui menace tout être humain dès lors qu'il ne peut plus se faire du thé sans en verser sur ses godasses.

Après le repas, il a regagné le pont. Un officier est passé, serrant par le bras un jeune homme qu'on avait trouvé caché en bas dans le coffre d'une voiture ; le marin a esquissé un geste d'impuissance en direction de Jacques, qu'est-ce qu'on avait, tous, à ne pas tenir en place ? Le détective a fouillé dans ses poches, il avait fumé sa dernière cigarette. En revanche, ses doigts ont rencontré un morceau de papier froissé. Il l'a déplié. C'était le premier télégramme de la Voilette. « Sûrement lui. Restez. Veut tout savoir. » La faute d'orthographe lui a sauté aux yeux, et du même coup l'évidence : il n'avait pas enquêté seulement pour elle ou pour son propre compte, mais aussi et surtout pour Lui, l'Autre ; il n'avait pas formé avec la Voilette un vulgaire couple uni par contrat — le privé et sa cliente — ni avec les Chambon un simple duo macabre — l'enquêteur et l'objet de sa quête. Non. Il y avait toujours eu une *troisième personne*, dont la volonté farouche exigeait un récit complet. C'était pour ce tiers que la Voilette écrivait, c'était à lui qu'elle racontait tout. Jacques s'est senti plus floué encore qu'auparavant : le chasseur de mots, le rabatteur d'images était le gogo de l'affaire puisque dans toute histoire — une jalousie mortelle l'a enflammé, une rancœur d'exclu — il n'y a que deux personnages : l'auteur, paresseux, retors et paranoïaque, et, face à lui, ténébreux, inconnu, celui qui veut tout savoir, le lecteur. Jacques a jeté le télégramme à la mer. Il souffrait comme si on l'avait dépossédé d'une femme aimée. Il avait été trahi, mais le temps était maintenant venu de prendre en main sa propre destinée. Il allait faire quelque chose de cette douleur qui le rongeait depuis qu'il était parti, tronc d'arbre ballotté dans la saumure de la mer. Personne ne lui volerait sa vie. Désormais, il chasserait pour lui, et tous les mots conquis, tous les mots vrais, il les dirait à une femme avide de l'entendre, s'en faisant ainsi passionnément aimer. Il ne se la représentait pas bien — elle était lointaine, inaccessible, intransigeante dans son désir de connaître, mais belle assurément, bien qu'elle restât cachée derrière une brume, un nuage, une dentelle ajourée — le tulle subtil d'une voilette, peut-être. Le soleil descendait déjà dans le ciel, bientôt il tomberait dans les vagues. Jacques se sentait novice, il avait mal. Mais il aurait les mots pour le dire. Et il regardait la ligne d'horizon, confiant, comme si l'écriture était le seul avenir de la douleur.

III

Et je ne sais pourquoi
Sans amour et sans haine
Mon cœur a tant de peine.

VERLAINE

NOVICE

Le difficile, c'est de commencer. De capter aussitôt l'attention, la curiosité, le désir. Cela dit, j'ai beaucoup d'idées d'exergues — ces phrases qui ne sont pas de l'auteur et qui, dans un roman, permettent au moins de démarrer en beauté. J'ai relevé celle-ci, de Paul Morand : « Ce qu'il y a d'amusant dans le voyage, c'est qu'on traverse dans le sens de la largeur des vies qui continueront de pousser jusqu'à la mort dans le sens de la longueur. »

Cela conviendrait au sujet, mais souligne trop, à mon avis, le côté anecdotique de l'histoire. J'aimerais qu'on sente combien le secret de la vie est en jeu. Par exemple : « Ce monde est donné à l'homme ainsi qu'une énigme à résoudre. » Ou encore — noté dans le *Théâtre* de Claudel : « Je ne demande qu'une chose : voir clair / Bien voir / Les choses comme elles sont. »

Pourtant, je n'y vois pas très clair moi-même. Il me semble que le livre est tout entier dans ma tête, mais les forces m'abandonnent au moment d'en écrire le premier mot. Simone, à qui j'ai téléphoné de venir me rejoindre ici, dans ma maison normande, en lui expliquant brièvement ce que j'attendais d'elle, m'a dit gentiment, quoique avec une pointe d'inquiétude : « C'est un beau projet. » Mais le compliment n'a aucun sens. En effet, à quoi ressemble un roman qu'on n'a pas encore écrit ? Comment admirer des paroles recluses dans le silence, des tableaux sans couleurs, des statues sculptées dans l'air ? Les mots sont nécessaires, fût-ce pour crier la douleur de leur insuffisance. Il n'y a pas de beaux projets. Il n'y a que de beaux livres.

J'ai été soulagé quand Simone est arrivée : en lui exposant les grandes lignes des *Travaux d'Hercule*, « Vous savez qu'Hercule, à la suite d'une terrible souffrance morale, renonça au plaisir pour une vie de labeur et de combat », j'ai cru voir se concrétiser sous mes yeux la page de garde, là, sur la blancheur de la feuille que déjà elle engageait dans le chariot de sa machine. Évidemment, ça allait la changer des rapports de l'agence ! Je me suis demandé si elle ferait l'affaire : bien sûr, il s'agit toujours pour elle de taper sur son clavier. Mais il me semble que, d'une certaine façon, les mots ne sont pas les mêmes. La rumeur de la plage nous parvenait, entrant par la fenêtre.

« Donc, au début, je reçois à mon bureau — enfin, je veux dire, le *narrateur* reçoit à son bureau une mystérieuse cliente. Vous êtes prête, Simone ? » Simone a rangé sa lime à ongles, et le roman s'est ouvert à la première page tandis que j'en articulais l'incipit comme pour embrasser le monde :

« Sans doute est-il plus beau qu'elle n'imaginait, et plus jeune qu'elle n'avait souhaité. Il doit avoir à peu près son... »

Simone a levé vers le plafond une main hésitante, a froncé les sourcils, puis, d'une voix suspendue, presque rêveuse, elle a dit — *et tu t'es tourné vers l'eau qui miroitait là-bas, derrière la jetée, et tu as su qu'aucun roman n'irait jamais au fond du malheur humain, et tu as compris que tu allais devoir virer cette petite garce qui te cassait ta baraque dès la première pierre* — elle s'est rajustée sur sa chaise et elle a dit :

— qu'elle n'avait...

DU MÊME AUTEUR

Aux Éditions P.O.L

INDEX, 1991.

ROMANCE, 1992.

LES TRAVAUX D'HERCULE, 1994.

PHILIPPE, 1995.

L'AVENIR, 1998.

QUELQUES-UNS, 1999.

Composition Nord Compo.
Impression Société Nouvelle Firmin-Didot
à Mesnil-sur-l'Estrée, le 6 juin 2000.
Dépôt légal : juin 2000.
Numéro d'imprimeur : 51695.

ISBN 2-07-041258-X/Imprimé en France.

94128